Anca Rădulescu

Puternică & frumoasă

Dragă Maria,

Privește cu atenție în oglindă și îndrăznește să zâmbești la imaginea ta. Ești creația perfectă a Universului. Ești puternică și cea mai frumoasă!

Cu iubire,

[illegible]

Redactor: Carmen Radu
Corector: Ana-Maria Datcu
Tehnoredactor: Felicia Drăguşin
Design copertă şi grafică interior: Adriana Guţă
Foto copertă: Florin Rădulescu

Descrierea CIP a Bibliotecii Naţionale a României

RĂDULESCU, ANCA
Puternică & frumoasă / Anca Rădulescu; pref. de Mihaela Rădulescu.-
Bucureşti: For You, 2016
ISBN 978-606-639-121-4
I. Rădulescu, Mihaela (pref.)

687.55

Tel./fax. 021/665.62.23;
Mobil: 0724.212.695; 0724.212.691;
E-mail: foryou@editura-foryou.ro
Website: www.editura-foryou.ro
Facebook: Editura-For-You
Instagram: @edituraforyou/
Twitter: @EdituraForYou

Printed in Romania ISBN 978-606-639-121-4

Anca Rădulescu

Puternică & frumoasă

EDITURA FOR YOU
București, 2016

Cu nesfârșită iubire și recunoștință,

celor patru femei alpha din viața mea care mi-au desăvârșit dezvoltarea ca om și ca profesionist: mama, mama-soacră, Mihaela și fiica mea, Ioana

Femeia care știe ce vrea

O prefaţă de carte e musai un *laudatio* la adresa autorului, că doar nu te apuci să-l desfiinţezi şi să-i mutilezi opera, n-am văzut aşa ceva la nicio carte pe care am deschis-o. Iar ca autor de prefaţă îţi asumi ce scrii, funcţionezi ca un certificat de garanţie în ochii cititorilor, mai ales dacă eşti onest şi oferi amănunte „la prima mână", într-o exclusivitate construită din apropierea dc autor şi de munca lui. Mi s-a întâmplat să refuz a scrie prefaţa vreunei cărţi care nu m-a convins sau dacă aveam reţineri în privinţa autorului şi cred că nu e bine să te înhami la o asemenea responsabilitate fără să fii absolut convins că merită şi osteneala, dar şi susţinerea ta totală.

Admit că fac parte din categoria de cititori care nu sar peste prefaţă şi trec direct la cuprins; îmi place încălzirea înainte de a intra în „teren", aşa cum îmi place să fac mai toate lucrurile într-o logică eficientă, fără să ard etape, chiar dacă unora li se pare bizară ordinea mea...

Aşadar, voi începe... după regulile mele, cu o poveste despre... autor, recentă şi... edificatoare.

Tocmai m-am mutat într-o casă nouă, pe care am încercat s-o transform, ca tot omul, în... acasă, ştiţi voi, locul acela în care vrei să-ţi placă tot în jur, să decorezi în stilul tău, să nu te enerveze niciun detaliu, să nu te irite nicio culoare nepotrivită... Am făcut niscaiva reparaţii, am zugrăvit, am pus tapet, am vopsit uşi, garduri, am restaurat piese de mobilier, am început să o mobilez şi totul mergea în direcţia bună... până mă uitam în sus şi dădeam de cele mai enervante detalii din orice încăpere a lumii: cutiile alea sinistre, dar necesare, numite „aer condiţionat". Le urăsc sincer, dar căldura din sudul Franţei te obligă să le accepţi în viaţa ta, aşa urâte şi inexpresive cum le-au făcut mai toţi fabricanţii, chiar dacă unii au încercat să le mai „îndulcească" puţin cu vreo culoare mai închisă sau cu un design mai prietenos. Tot nişte cutii în perete rămân şi tot îţi tulbură armonia dacă eşti modelul perfecţionist, care vrea, cu orice preţ, un echilibru între confort şi estetică... Ei bine, Anca, aflată în vizită „de lucru" la mine, s-a apucat, cu o răbdare de chinez, să-mi vopsească toate aparatele de aer condiţionat în culoarea fiecărei încăperi. Mânuind vreo trei feluri de pensule şi cocoţată pe o scară, Anca mi-a scos din peisajul interior monştrii şi mi-a lăsat, în toate camerele, senzaţia că răcoarea vine din pereţi. Nu am găsit nici cea mai mică pată pe vreun tapet, n-a murdărit vreo podea sau vreo mobilă. Impecabilă lucrare, adorabil rezultat! A continuat cu caloriferele, alţi demoni care îţi strică zenul dacă nu-i îmblânzeşti în culori supuse ideii generale de decoraţiune interioară.

Casa mea e gata, Anca a plecat la ea acasă şi mă uit în jur cu drag, cu bucurie, cu tihna la care visam. Probabil că musafirii mei nu vor reţine nici aparatele din pereţi şi nici culoarea caloriferelor, dar exact asta face ca toate celelalte elemente din decor să fie puternice şi expresive. Anca a făcut să dispară defectele, le-a estompat impecabil, lăsând să strălucească „pe scenă" tot ce avea viaţă, forţă, personalitate...

Aşa m-am gândit să va introduc în... munca Ancăi, pentru că exact asta face când machiază. Ascunde defecte, caută tonurile cele mai potrivite şi te lasă să străluceşti din ochi, din zâmbet, din trăsături şi atitudine. Ea nu pictează fețe, ochi şi buze, aşa cum fac atât de greşit mulţi make-up artişti; ea ştie dumnezeieşte să îţi scoată în evidenţă ce ai mai frumos şi să te ajute să străluceşti din interior, nu din sclipiciul de pe pleoape. Are un talent incredibil de a-şi face munca aproape nevăzută, chiar dacă până la rezultatul final mânuieşte zeci de pensule, culori, farduri, tuşuri, creioane...

Din 20 de ani de televiziune, vreo 10 am tot schimbat make-up artişti sau m-am machiat singură pentru emisiuni şi spectacole. Obsedată de detalii şi puţin certată cu nuanțele prea tari, nu am reuşit să găsesc pe nimeni care să mă facă fericită după un machiaj de scenă şi sfârşeam mereu în faţa oglinzii, făcându-mi singură continuarea sau retuşurile. Până în ziua în care mi-am făcut curaj şi am stat cuminte pe scaunul de machiaj al Ancăi. Precizare: mi-era cumnată de peste 10 ani la momentul acela, dar nu amestecaserăm niciodată relaţia de familie cu cea profesională. În calitate de soție a fratelui meu, am iubit-o din prima zi, dar nu ni se intersectau drumurile profesionale – lucram în televiziuni diferite, aveam contracte diferite... Din ziua în care m-a machiat prima dată, am ştiut că mi-am găsit, în sfârşit, make-up artistul care mă vede, mă simte, care nu vrea să mă transforme în altă persoană, ci în... *the best of me*. De atunci au trecut 10 ani de emisiuni, şedinţe foto, filmări, evenimente, spoturi publicitare... N-am mai făcut niciun pas public fără să fiu machiată de Anca şi am ajuns, eu, cea pretenţioasă şi mereu cicălitoare, să stau docilă şi tăcută pe scaun, în liniştea pe care o ai doar pe mâna unui profesionist desăvârşit.

N-am cunoscut vreun om mai calm şi mai sigur pe el şi ştiu bine ce spun, căci în munca de scenă te loveşti mereu de momente de panică generală, de agitaţie enervantă, de tensiuni sau emoţii... Anca, pe care simt că o enervez frecvent cu agitaţia mea sau cu cele o mie de lucruri pe care le fac exact când ar trebui să stau nemişcată la machiaj, are o linişte, o răbdare şi o acurateţe în mişcări dezarmante. Ador să mă machieze şi cred că-mi place şi s-o enervez puţin, tocmai pentru că tot sper să-şi iasă din pepeni, măcar o dată. E un joc pe care ea îl câştigă mereu, dar trebuie să admit că şi eu mă simt o învingătoare după fiecare machiaj făcut de ea. La urma urmei, e visul oricărei femei care iese în lume, nu musai pe o scenă: toate vrem să strălucim, să ne arătăm frumuseţea şi forţa, să ne facem remarcate.

În toţi anii în care am făcut echipă cu Anca, am învăţat enorm de la ea – de la ce creme să folosesc până la cât de importantă e linia sprâncenelor sau un anumit contur la ochi... M-a învăţat cum să-mi fac umbrele care-mi corectează profilul sau conturul feţei, ba chiar va rămâne în istoria personală şi ca primul make-up artist care m-a convins să folosesc un ruj – nu suportam decât creioanele de contur de buze. Aş putea continua cu zeci de exemple, dar voi trece brusc în alt registru.

Anca mea e o continuă inspiraţie pentru mine: a fost primul make-up artist din România care a pus în vânzare propria linie de pensule profesionale de machiaj, fabricate în Franţa; a adus în premieră în România aparatul de regenerare celulară Cryolift; a muncit enorm pentru a ajunge unde este astăzi şi şi-a scris fiecare pagină din carieră cu aceeaşi răbdare şi precizie cu care mi-a vopsit fiecare element de la aparatele de aer condiţionat şi de la calorifere – fără să murdărească nimic în jur, fără să folosească vreo culoare ţipătoare, fără să lase ceva pe jumătate făcut. A dus până la capăt tot ce şi-a propus şi n-am nicio îndoială că aşa va continua. Dacă mai adaug şi că admir enorm munca ei caritabilă, constantă şi discretă, nu fac decât să întregesc un portret real, cinstit şi sublim al unui om pe care îl iubesc şi pe care-l respect din toată inima.

Ar trebui să-i şi mulţumesc pentru atâtea plusuri pe care le-a adus vieţii şi carierei mele, dar o să mă opresc spunând că familia mea e atât de frumoasă şi întreagă pentru că... există ea, de vreo 25 de ani, în viaţa fratelui meu drag, pentru că m-a cadorisit cu cea mai frumoasă şi mai specială nepoată şi pentru că, în felul ei unic şi atât de puternic, Anca e un profesionist de la care orice femeie poate învăţa să-şi coloreze viaţa, să-şi împlinească visurile şi să-şi contureze personalitatea.

Anca, ai legătura... Cartea ta e legătura între tine şi atâtea suflete de femei puternice şi frumoase!

Mihaela Rădulescu Schwartzenberg

Cuvânt înainte

Tot ceea ce mi-am dorit de când am decis că voi scrie această carte a fost să las în urma mea ceva care să conteze, niște file cu sfaturi atât de importante și de utile fiecărui om, încât munca mea făcută cu dragoste să nu ajungă niciodată pe un rând neesențial din biblioteca sufletului vreunui cititor. Mi-am dorit ca în fiecare rând să se simtă vibrația mea pozitivă, dorința mea de mai bine, mai frumos, și să reușesc să fiu atentă la detaliile ce pot aduce împreună cu inima mea și deschiderea voastră către un viitor așa cum îl meritați: strălucitor și plin de reușite.

Ideea acestei cărți s-a născut simplu, într-o zi când un make-up artist aflat în mijlocul spectacolului uman al unei străzi aglomerate a realizat privind în jur cât de diferite și, totuși, cât de asemănătoare sunt femeile. Eu, make-up artistul Anca Rădulescu, pasionată de machiaj, o femeie ce lucrează cu fizionomii și, de ce nu?, caractere, am constatat că în special femeile ce se iubesc, aflate în perfectă armonie cu ele însele, sunt acelea care degajă în aerul din jurul lor un farmec absolut irezistibil, indiferent de vârsta sau de silueta pe care o au. Părul frumos și sănătos, hainele alese în acord cu vârsta și datele fizice, o față îngrijită, luminoasă și zâmbitoare, dar și ochii senini îmi atrăgeau imediat nu numai atenția, ci și admirația necondiționată. Și, în mod cert, nu numai mie, ci și altora, fiindcă, nu-i aşa?, tuturor ne par atrăgători oamenii pe care bunul-gust şi educaţia îi obligă să nu iasă oricum în lume. Am văzut că femeile mândre de ele, liniştite şi sigure pe frumusețea lor emanau un soi de putere ce le așeza imediat într-o lumină specială, detașându-se astfel de masa amorfă de oameni din jur.

Apoi, cu timpul, am înțeles că, aşa cum într-o conversaţie lectura, informaţia, studiul şi mai ales tonul ne susţin punctele de vedere, la fel şi în public felul în care arătăm are o importanță majoră în a ne atrage simpatia, prețuirea, antipatia sau indiferența acelora cu care venim în contact. Iar fața, mai mult decât orice, pare a fi întruchiparea întregii personalităţi a oamenilor cu care ne dorim sau nu să interacţionăm. Deoarece chipurile lor vorbesc. Spun povești despre ei, povești ce se plimbă pe străzi și rămân un exemplu pentru ceilalți, pentru aceia care-i întâlnesc și sfârşesc prin a-i admira… sau nu.

Asta îmi doresc: ca această carte să fie o poveste. Una cu final fericit, menită să ajute orice femeie frumoasă să devină splendidă, pentru că frumuseţea oglindită în ochii proprii sau în privirile celor din jur înseamnă, în primul rând, respect de sine şi abia mai apoi respect pentru ceilalţi. Și mai înseamnă putere. Pentru că frumuseţea este motorul vieţii, este forță, este încredere, șansă şi curaj. Și noi, femeile, le merităm pe toate, deplin.

O să vă rog să parcurgeţi această carte cu trusa de farduri alături şi cu imaginaţia pusă bine la îndemână. Lângă inimă. Să nu vă lipsească încrederea în voi înşivă şi, mai ales, curajul de a experimenta. La final, să vă priviţi cu atenţie în oglindă şi să nu mai îndrăzniţi niciodată să spuneţi „Nu contez, nu sunt prea frumoasă". Să vă puneți în valoare, să vă iubiți mai mult, să vă respectați infinit, iar apoi să zâmbiţi către imaginea voastră şi să gândiţi că sunteţi creaţia perfectă a Universului. Puternică. Și cea mai frumoasă.

Cu drag,

Anca Rădulescu

Pariul meu cu frumusețea

Am ales ca sub acest titlu să vă fac cunoscut câte ceva din povestea mea, să devoalez pentru voi cele mai intime gânduri și cele mai frumose povești despre mine. Și, cum evit cât pot să mă repet, o să vă redau câteva fragmente din interviuri de suflet ce mi s-au luat de-a lungul timpului, cu întrebări atât de simple și de frumoase despre mine, despre cariera mea, despre începuturi, despre visuri, despre familie, despre sacrificii și împliniri. În rândurile acestor interviuri mă veți găsi mai bine și veți înțelege mai multe despre omul Anca Rădulescu. Sau veți afla cine sunt în caz că nu mă cunoașteți, veți ști și cum gândesc, și cum m-am construit pas cu pas, și cum sunt pe dinăuntru, și cum, slavă Domnului!, am reușit să ajung până aici, azi, când vă scriu aceste rânduri.

Însă nu voi continua înainte de a vă mulțumi că ați ales cartea mea de pe raftul librăriilor reale sau on-line, că mi-ați oferit la schimb încrederea, speranțele și visurile voastre ascunse sau declarate de a deveni în viitor ceea ce ați visat mereu: femei puternice și frumoase. Și așa veți fi: pentru că se poate orice, tot. Parafrazându-l pe Napoleon, aș spune că în *beauty case*-ul fiecărei femei se află armele de învingătoare absolută ale unei superfemei. Succes!

Performanța se obține cu muncă și studiu *

Unde te-ai născut și ce sunt părinții tăi?

M-am născut la Piatra Neamț, pe 5 decembrie 1974, sunt săgetătoare. [...]

M-am „plimbat" mult în copilărie pentru că părinții mei au lucrat pe marile șantiere socialiste ale patriei noastre dragi. De exemplu, într-o anume perioadă, am locuit la Turnu Severin și mă jucam mereu pe malul Dunării pentru că se construia hidrocentrala de la Porțile de Fier și ai mei erau detașați acolo. Tata, căci el a fost constructorul familiei. Și, din motivul ăsta, am mai umblat prin țară, nu am stat niciodată prea mult într-un loc. Imaginea șantierelor de construcții se leagă de copilăria mea: blocuri, baraje, noroaie. Dar mie-mi plăcea. Ajungeam într-un loc unde nu era nimic și, când plecam de acolo, lăsam ceva frumos în urmă, ceva pentru totdeauna, credeam eu. Schimbam grădinițe, școli, cunoșteam mereu alți copii și adulți. Părea a fi o viață bună, veselă, interesantă, călătoream mult, deși astăzi știu sigur că nu era deloc ușor pentru ai mei.

---

* Interviu realizat de Alice Năstase-Buciuta pentru revista *Tango – Marea dragoste*, publicat la 23 noiembrie 2011.

Când şi cum te-ai hotărât să fii make-up artist? Cum s-a născut această pasiune şi cum a devenit profesie?

Uite, să ştii că ştiu exact cum a apărut pasiunea mea. Mai ţii minte păpuşile Arădeanca? Acelea cu buze urâte şi sprâncene extrem de subţiri? Ele au fost de vină. Mie mi se păreau neterminate şi am început să le „înfrumuseţez" cu ajutorul creionului chimic. Aveam vreo 5 ani. Le „rujam" şi le refăceam sprâncenele, le „îmbujoram". Mai puneam mâna şi pe acuarele şi le pictam ochii. Cariocile erau şi ele de mare ajutor. Aveam propria mea viziune despre frumuseţe şi mă ajutam de ceea ce găseam la îndemână ca să o pun în practică. Oricum, creionul chimic a fost prima mea „trusă" de machiaj. Şi, mai târziu, în adolescenţă, eternul ruj verde care se înroşea pe buze şi era imposibil de şters timp de vreo 24 de ore. Mama mi-l găsea, mi-l arunca, eu economiseam banii de pachet şi-mi luam altul. ☺

Cum l-ai cunoscut pe Florin şi cât de lung sau de uşor a fost drumul până la căsătorie?

În 1990 eram deja acasă, la Piatra Neamţ, şi la fiecare sfârşit de săptămână urcam pe munte cu diriginta mea şi colegele, pe Ceahlău. Drumeţiile duminicale erau distracţia mea favorită, nu am fost niciodată genul care să stea duminica în papuci în faţa televizorului. Nici barurile sau discotecile nu mi-au plăcut vreodată.

Florin era salvamontist şi toate colegele mele îl plăceau în secret, că era băiat frumos şi foarte amabil. Mai era şi salvamontist, îţi dai seama, era puternic, în mintea romantică a unei fete de 16 ani părea aşa, un fel de zeu al munţilor ☺. Ba îşi scrânteau glezna, ba nu mai puteau să urce nu ştiu ce pantă, numai să fie în preajma lui, ştii tu ce zic, şmecherii adolescentine.

Şi eu îl plăceam, dar nu-l băgam în seamă deloc, eram prea orgolioasă ca să recunosc şi mă ţineam departe de el, mereu băţoasă şi cu nasul pe sus. Şi diriginta tot voia să mi-l prezinte, că-l cunoştea, îi ştia şi părinţii, îmi vorbea despre el, că e un băiat bun, cuminte etc. De fapt, era aranjată toată treaba, ea ştia că Florin mă place, mie îmi vorbea de el, lui îi spunea despre mine. Pot să spun că „vinovată" de tot a fost diriginta mea, ea şi-a dorit foarte mult ca noi doi să formăm un cuplu, ea a fost naşa noastră spirituală. Era toamnă târzie, era frumos pe munte, era frumos şi Florin... Şi a fost dragoste! M-a lăsat să cresc, nu mult!, şi când am ajuns la 19 ani ne-am căsătorit, în 1993. Drumul până la căsătoria noastră a fost firesc, normal şi frumos, nimic senzaţional. Ştii, povestea aia pe care o ştie toată lumea, cu „un băiat iubea o fată". Şi pe urmă au trecut prin toate împreună, prin bune şi rele, şi azi sunt fericiţii părinţi ai unei fete grozave, o fată care are vârsta pe care o aveam eu când i-am cunoscut tatăl. Nu-i aşa că viaţa e tare frumoasă? ☺

Te-ai machiat singură la nunta ta sau ai apelat la altcineva?

Oh, da! M-am machiat singură, nu m-am lăsat pe mâna niciunui specialist – fiindcă nu prea erau specialişti în make-up pe vremea aia, în 1993 – şi nici pe mâna vreunei domnişoare de onoare. A fost o nuntă foarte frumoasă, la Piatra Neamţ.

Când ai întâlnit-o prima oară pe Mihaela şi cum ţi s-a părut, la o primă impresie?

Aici e o altă poveste. ☺ Pe Mihaela nu am cunoscut-o când eram prietenă cu Florin sau când eram logodiţi – noi eram la Piatra Neamţ, ea era deja la Bucureşti. Nu a fost nici la nunta noastră, pentru că era plecată în Statele Unite. Ne-am cunoscut după nişte ani, când eram deja însărcinată cu Ioana, fiica mea. O să fac o paranteză. Eu pierdusem deja un copil, primul nostru născut, un băieţel, în iunie 1994, în maternitatea din Piatra Neamţ. A murit la două zile de la naştere din cauza lipsei de aparatură medicală din spital. Iar eu era să-l urmez, pentru că erori medicale mi-au pus şi mie în pericol viaţa, iar fiului meu i-au luat-o... A fost o conjunctură nefericită, eroarea medicală a dus la nevoia de aparatură pentru fiul meu nou-născut, dar cum nici aparatură nu exista… Am făcut tratament şi am avut norocul ca imediat după aceea să rămân din nou însărcinată, dar starea mea de sănătate era precară în urma naşterii cu probleme pe care o avusesem. Mă doborâse şi o depresie cruntă, nu suportam ideea de a-mi pierde şi al doilea copil, iar la Piatra Neamţ mi se spusese, deşi eram gravidă în luna a cincea, că sarcina era oprită din evoluţie şi că trebuia să avortez. Florin a sunat-o disperat pe Mihaela, iar ea i-a zis să mă urce în maşină şi să mă aducă urgent la Bucureşti; nu a acceptat nici ea verdictul medicilor şi încă un copil pierdut, voia să mă ducă ea la un alt medic. Am ajuns în 4 ore direct la spital şi am cunoscut-o, în sfârşit, şi pe cumnata mea. Avea cârlionţi, era frumoasă tare şi… am simţit ceva ciudat, m-am liniştit brusc. Cred că mi-a dat încredere şi putere, în preajma ei am ştiut că totul va fi bine. Şi a fost! Doctorul Bogdan Marinescu de la maternitatea Giuleşti mă aştepta, iar copilul era bine, nu era mort. Tot cu el am şi născut, patru luni mai târziu – cu el, dar şi cu Mihaela alături. N-o să uit niciodată cum îmi spunea: „Hai, Ancule, hai, că trebuie să mă duc la emisiune şi nu plec de aici până nu naşti. Fă-mă mătuşă!“ (Avea deja emisiunea de la Tele 7 şi trebuia să intre în direct în 30 de minute!) Eu am născut-o pe Ioana, ea s-a dus la emisiune, nefardată, nearanjată, dar, în sfârşit, mătuşă! Aşa am cunoscut-o pe Mihaela. Mi-a salvat copilul. Ea împreună cu doctorul Bogdan Marinescu.

Când ai machiat-o prima oară și cum v-ați hotărât să începeți o colaborare pe termen lung?

În 1998, Mihaela era deja în Antena 1, făcea emisiunea „Duminica în familie", iar eu eram consilier de beauty și make-up artist pentru Estée Lauder și Clinique. Atunci a fost prima dată. Și, pentru că eram pe aceeași lungime de undă, am continuat. Ne plăceau aceleași lucruri, aveam același stil natural, iubeam aceleași linii, aceleași culori, până și aceleași farduri. Cred că asta este esențial într-o astfel de colaborare. Nu se poate să mergi înainte într-un demers profesional dacă ție îți place ceva și celuilalt altceva, oricât de rudă ai fi cu acea persoană.

Există lucruri noi pe care Mihaela le poate învăța de la tine – ea având atâta experiență în machiaj? Dar tu de la ea?

Mereu e ceva de învățat. Sigur că da, Mihaela poate învăța de la mine, de exemplu, machiajul de transformare sau cel experimental, iar eu de la ea am învățat și pot învăța în continuare foarte mult. Mihaela m-a „împrietenit" mereu cu tendințele pe vremea când accesul meu la informație era redus. Tot de la ea am învățat că trebuie să mă perfecționez mereu, că meseria făcută doar pentru a semna la sfârșitul lunii un stat de plată nu este nicidecum visul unui profesionist care se respectă. Mihaelei îi plac oamenii care sunt cei mai buni la ceva. Așa am înțeles că despre asta e vorba într-o profesie, am citit enorm, am mers la cursuri, am învățat diferența dintre machiajul pentru print și cel de televiziune, machiajul cu produse profesionale și cel făcut cu produse comerciale. Am știut că, dacă vrei să fii mereu mai bun, trebuie să continui să muncești și să te informezi sistematic şi meticulos toată viaţa. Niciodată nu trebuie să te culci pe laurii unei mici victorii, rişti să pierzi războiul.

Atunci când concepi un make-up pentru cineva, pentru oricine, îi dai şi sfaturi persoanei respective, o înveţi ce să facă şi mai departe, după plecarea ta?

Obligatoriu! Nu se poate altfel. Nu poate să intre nimeni pe mâna mea şi să nu afle exact care-i sunt calităţile şi defectele, cum să înveţe să le pună în valoare pe primele şi să le estompeze pe celelalte. Sau chiar să le transforme din imperfecţiuni în atuuri. Nu ai cum să nu-i explici unei femei cum să se machieze a doua zi după ce a plecat de la tine, să nu-i spui ce fel de ten are, cum să şi-l îngrijească, cum să-şi pună în valoare buzele sau ochii ori cât de importante sunt sprâncenele pentru echilibrul estetic al întregii fizionomii. Dacă nu faci aşa ceva, eşti descalificat din start dintr-o astfel de meserie.

Ce diferenţiază un make-up artist bun de unul oarecare?

Cred că pasiunea, în primul rând. Munca, în al doilea rând, iar talentul l-aş lăsa pe ultimul loc. Nimic nu e mai important pentru un artist ca iubirea. Dacă nu iubeşti ce faci, nu poţi performa. E, cumva, ca în dragoste. Nu poţi trăi o iubire călduţă şi apoi să ai pretenţia să ţi-o cânte poeţii, să devină nemuritoare precum cea dintre Romeo şi Julieta. Iar talentul, dacă nu e înzecit de ore nesfârşite de muncă, se duce de râpă, devine egal cu zero.

Ce crezi că se va schimba după obţinerea premiului „Cel mai bun make-up artist“?

Uite, faptul că mi-ai luat tu interviul acesta e un plus şi îl datorez premiului „Cel mai bun make-up artist“. Dacă nu-l luam, nu ajungeam în atenţia ta. În rest, merg pe drumul pe care l-am ales din toată inima, voi preda arta machiajului la Şcoala de make-up „Anca Rădulescu“ şi la Make-up Academy „Giulia Nahmany“ ca şi până acum. Voi continua să colaborez cu diverse publicaţii, cu artişti care-şi filmează videoclipurile, cu organizatori de evenimente, voi fi acelaşi specialist la dispoziţia oricărei femei care vrea să înveţe să fie mai frumoasă decât este deja. Nu ştiu ce se va mai schimba, dar ştiu că a fost o bucurie şi că întotdeauna ceva bun generează beneficii. Notorietatea care vine din lucruri pozitive este foarte importantă în sfera mea de activitate.

Unde locuiţi şi cum îţi desfăşori activitatea de make-up artist? Cum lucrezi? Unde?

Locuiesc în Bucureşti şi lucrez la Şcoala de make-up „Anca Rădulescu“. Am şcoala mea de machiaj, mă ocup de formarea unor noi generaţii de make-up artişti, predau şi la Academia Giuliei Nahmany, dar conduc şi seminarii în toată ţara, acolo unde sunt invitată să susţin cu experienţa mea cursuri teoretice şi practice de machiaj profesional. Sunt un om foarte ocupat, fie că sunt acasă sau în deplasare, şi sunt mândră de asta. Am mereu şedinţe foto, prezentări de modă, filmări, mirese, cliente fidele care au nevoie de priceperea mea. Frumuseţea este importantă şi ne ocupă mult timp din viaţă, iar eu sunt o femeie care iubeşte femeile frumoase şi îşi pune toată priceperea la dispoziţia lor. Ce poate fi mai bun de atât?

Tu te ocupi de frumuseţea lor interioară, eu mă ocup de chipurile lor. Suntem norocoase!

Te ajută în carieră faptul că provii din familia unei mari vedete sau mai degrabă te încurcă?

Da. Nu-mi place ipocrizia, cum să nu mă ajute? Deşi, între noi fie vorba, faptul că sunt cumnata Mihaelei Rădulescu nu m-ar ajuta niciun pic dacă răspunsul din oglindă mi-ar dezamăgi clientele. Mă ajută pentru că nu profit de asta, pentru că mă bazez pe ceea ce ştiu să fac, mă ajută pentru că sunt un profesionist. Uite, eu sunt cumnata ei din 1993 şi mă ocup de make-up din 1997. Iar tu îmi iei interviul în 2011 pentru că ai auzit că am luat un premiu, nu pentru că a intervenit Mihaela pentru mine. Mă ajută pentru că familia din care fac parte este o familie căreia îi place să muncească, o familie unită, o familie frumoasă şi mai ales o familie de la care am învăţat că performanţa se obţine cu muncă şi studiu.

Cum este Florin, soţul tău? Cum l-ai descrie?

Florin este bărbatul vieţii mele. Familist, foarte legat de acea idee tradiţională de tată şi soţ. Este un fiu şi un nepot bun, aşa cum este un soţ şi un tată minunat. Este jumătatea mea, am crescut împreună, ne-am susţinut mereu în toate, am parcurs o mulţime de etape mână-n mână. Este foarte haios, se râde mult în preajma lui, e mucalit şi mereu pus pe şotii. Cred că e o trăsătură de familie, umorul ocupă un loc de cinste în existenţa noastră ca familie. Este şi foarte serios când vine vorba de responsabilităţi şi foarte talentat, este fotograf şi asta contează mult, pentru că e artist la rândul lui şi mă înţelege. Câteodată se întâmplă să şi lucrăm împreună şi colaborăm foarte bine. Are o pasiune nebună pentru motoare şi a fost şi campion de schi, pentru că sportul a ocupat un rol important în educaţia primită în familie.

Cum te înţelegi cu soacra, ştiut fiind că, după cum se spune, mamele de băieţi sunt mai dificile?

Nu este doar mamă de băiat, o are şi pe Mihaela. Ne înţelegem foarte bine, aşa a fost mereu. Este o femeie extrem de puternică şi voluntară, ea m-a împins mereu înainte, m-a încurajat să-mi dezvolt talentul, să plec la orice drum cu mult curaj şi determinare. Pentru mine nu a fost soacră, ci o a doua mamă. M-a ajutat enorm, m-a învăţat să-mi îngrijesc copilul, să-l educ, să-l cresc, mi-a fost alături când am avut nevoie, nu s-a amestecat niciodată în viaţa mea şi a fiului ei. Exact cum a făcut şi mama mea. Şi nu se mulţumeşte cu ce ştie, are o fire curioasă, vrea să înveţe mereu, eu zic că asta e de bine; îşi menţine tinereţea – spiritul trebuie mereu îmbogăţit, nu-l putem lăsa să moară pentru că „ne-a trecut timpul". Iar faptul că azi am succes în meseria mea se datorează şi încurajărilor ei.

Faptul că eşti artistă şi ai o anumită viziune asupra lumii te face să fii mai fericită decât aceia care nu au de-a face cu arta?

În mod sigur, da. Eşti mai fericit pentru că ai o altfel de înţelegere asupra lumii în care trăieşti – şi nu vorbesc aici despre sensul vieţii. Sunt convinsă că artiştii trăiesc într-o lume diferită de cea a celorlalţi oameni. Culorile unui apus de soare sunt mai intense, mai bogate în nuanţe şi mai frumoase în ochii unui pictor, sunetele au o altă rezonanţă pentru urechea unui muzician. Şi asta nu se poate să nu te facă foarte, foarte fericit. Dar istoria este plină de poveştile nefericite de viaţă ale majorităţii artiştilor. Şi te întrebi mereu de ce. Eu zic că aşa se naşte totul, nefericirea lor vine tocmai din diferenţa de percepere a realităţii dintre ei şi ceilalţi. Să fii altfel nu este o fericire, devii de neînţeles pentru majoritatea oamenilor. Şi, cum nu poţi trăi singur…

Ce-ţi doreşti cel mai mult pentru viaţa ta şi a celor dragi?

Să fim sănătoşi. Atât. Orice altceva mi-aş mai dori, dacă toţi suntem sănătoşi, vine.

Crezi că există în viaţa noastră doar o mare dragoste sau trăim de fapt mai multe iubiri?

Există o mare dragoste şi mai multe iubiri. Pentru mine, dragostea mea cea mare este Florin. Iar o iubire imensă este Ioana. Iubiri am încă, una este arta machiajului. Şi alte iubiri mari şi unice sunt pentru mama mea, sora mea, tatăl meu, familia mea toată, lumina dimineţii, valurile mării, fulgii de zăpadă etc. Şi de asta nimic nu e simplu pentru oameni. E greu să fii atât de mic şi neînsemnat în timp ce în tine se luptă iubiri, o mare dragoste, frumuseţe, bucurie, soare, stele. Câteodată nu simţi că îţi explodează sufletul din preaplin şi iubirea se duce, se împrăştie în mii de alte iubiri, sublime şi pierdute?

Pentru mine, un machiaj reușit este o victorie profesională *

În ziua de astăzi, persoanele care vor să se facă cunoscute apelează la orice metodă pentru a apărea la TV sau a fi în centrul atenției mass-media... Tu lucrezi de 10 ani ca make-up artist și ai fost desemnată „Cel mai bun make-up artist" în cadrul Galei Nova TV de la Brașov. În acea perioadă lumea a aflat că tu ești cumnata Mihaelei Rădulescu... Nu ai profitat de la început de acest statut, ba chiar ai ținut ascuns lucrul acesta și ai vrut să reușești singură...

Am vrut să reușesc singură, așa este, și pentru asta am muncit enorm. Până s-a și întâmplat să ajung acolo unde, instinctiv, știam că îmi este locul: în frunte. Și, desigur, acesta nu este un motiv să mă opresc; merg mai departe – un profesionist învață mereu, nu se culcă pe laurii unei victorii.

Lucrez ca make-up artist de aproape 15 ani. Sunt și esteticiană, e foarte important să subliniez acest lucru. Pentru că un make-up artist foarte bun, un profesionist adevărat, trebuie

---

* Interviu realizat de Ana Gheorghe pentru pentru site-ul wowbiz.ro, publicat la 30 noiembrie 2012.

să aibă cunoştinţe temeinice în domenii conexe meseriei sale: dermatologie, cromatologie, fizionomie facială (morfologia feţei umane), coafură şi stil în general. Şi, cât se poate de important, în psihologie: este esenţială. Pentru că nu poţi identifica nevoile de stil ale unei persoane fără să ai habar de firea, de caracterul ei.

În ceea ce priveşte relaţia mea de familie cu Mihaela, o să-ţi răspund că nu cred că, profesional vorbind, să fii ruda cuiva important, mai ales într-o meserie atât de „vizibilă" ca a mea, contează foarte tare. Ca să nu fiu înţeleasă greşit, o să subliniez că cel puţin nu e foarte important la început, nu contează până nu demonstrezi cu fapte că eşti cel mai bun. Puteam fi cumnata Mihaelei, asta sunt şi aşa voi rămâne, dar n-aş fi fost niciodată în topul make-up artiştilor din România numai pentru asta dacă clientele mele nu ar fi fost încântate de munca mea şi dacă nu m-ar fi ales ca favorită.

Să faci parte din familia unei persoane cunoscute poate fi un atu, dar este şi o mare responsabilitate, puţină lume se gândeşte şi la aspectul acesta. Pentru că asta te obligă să fii de zeci de ori mai bun – nu-ţi poţi permite să ratezi. Pentru că, deşi eşti pe cont propriu, oamenilor le place să generalizeze. Aşa că nu m-am gândit cum să fac să fiu cunoscută, ci am luptat să ajung să fiu, mai întâi, cea mai bună.

Relaţia mea cu Mihaela oricum există, nu trebuia ca lumea întreagă s-o ştie. Este cumnata mea, suntem în aceeaşi familie, nu era important pentru mine să mă cocoţ pe scara din dos lângă ea. Dar era cu adevărat o provocare să ajung lângă ea pe scara principală, din faţă, prin talent, pregătire şi multă muncă, mai ales că, ştiţi cu toţii, nu numai Mihaela, dar noi toţi suntem admiratori fără rezerve ai oamenilor care reuşesc prin forţe proprii să fie cei mai buni.

După acest episod în care ai fost „depistată" ca fiind cumnata Mihaelei, s-au schimbat niște lucruri în profesia ta, în viața ta?

Da și nu. Da, pentru că peste tot, în interviuri sau în aparițiile televizate, toată lumea mă întreabă despre relația mea personală și profesională cu Mihaela. Și nu, pentru că niciodată clientele mele nu m-au căutat pentru asta, ci pentru felul în care se simt atunci când beneficiază de cunoștințele și talentul meu în arta machiajului. Clientele mele mă caută acum ca și înainte, mă apreciază la fel ca întotdeauna și îmi admiră munca în același fel. Iar în plan personal nu văd ce-ar fi putut să se schimbe. Părinții mei, rudele mele, fiica și soțul meu, prietenii mei, toți știau deja că sunt cumnata Mihaelei, nu? (Asta e o glumă.)

Este clar că ai muncit foarte mult, de-a lungul acestor ani, ca să ajungi aici, fără o promovare mediatică... După care ai avut parte și de acest lucru... Ți-a crescut numărul clientelor după ce ai început să apari în ziare?

Nu semnificativ, chiar nu. Asta mi-a dovedit că profesionalismul și coerența rămân mereu cea mai bună promovare. Poate că acum sunt privită diferit, se poate, dar nici nu am fost luată cu asalt de cliente după ce au citit despre mine în vreo publicație sau pentru că m-au văzut la televizor. Știi, meseria asta a mea e superbă, dar și neiertătoare. Importante sunt rezultatele, adică ceea ce se vede în oglindă în momentul în care te privești după ce eu mi-am terminat treaba.

Degeaba am apărut la televizor dacă persoana de pe scaun nu e mulțumită. Și a doua oară nu-mi mai calcă pragul. Sigur că promovarea poate da rezultate, dar în timp și doar dacă este făcută cu discernământ.

Eu sunt pe drumul cel lung şi bun al acestei strategii. Şi sunt sigură că va da roade.

Cu siguranţă, Anca Rădulescu a fost o profesionistă şi şi-a mulţumit clientele şi înainte ca noi să aflăm că numele de familie nu este doar o coincidenţă... Şi poate că te deranjează că mereu se repetă aceleaşi întrebări, dar acum trebuie să-ţi asumi acest lucru. Te deranjează această asociere sau dimpotrivă?...

Cum să mă deranjeze? Ar fi culmea! Îmi place când mi se recunoaşte contribuţia la imaginea Mihaelei şi, da, ăsta e un lucru care îmi poate aduce mai mulţi clienţi, pentru că imaginea ei, mereu impecabilă, nu poate fi decât un mare plus pentru calităţile mele profesionale. Iar asocierea mea cu numele Mihaelei, în orice calitate, personală sau profesională, pentru mine este cu adevărat gratificantă. Nu mă deranjează absolut deloc că mi se pun întrebări despre asta, îmi place să vorbesc despre noi, despre parcursul nostru ca profesioniste. Despre cum am început să şi lucrăm împreună, nu să fim doar cumnate. Mihaela e o femeie superbă şi o persoană publică importantă şi interesantă, iar asta este, într-un fel, şi meritul meu. Şi atunci nu mă pot simţi decât bine când sunt întrebată despre acest lucru.

Ce aduce nou Anca Rădulescu pe piaţă în acest domeniu?

Anca Rădulescu a adus destule lucruri noi pe piaţa de make-up în România – şi o spun fără modestie. Acum însă, mai mult ca oricând, am adus ceva nou, o tehnică inovatoare şi cu rezultate imediate, vizibile. Mă pot mândri, şi ţie îţi spun asta în premieră, că sunt primul make-up artist şi estetician din ţară care a intrat în posesia unui aparat ultraperformant, portabil, de ultimă generaţie, unic la noi în ţară, numit Cryolift. Tocmai m-am întors din Franţa, unde am fost la specializare şi am obţinut şi diploma care mă atestă ca specialist în utilizarea lui. Aparatul acesta, care funcţionează prin oxigenare cutanată, stimulează circulaţia (dermocrioforeza) şi se bazează pe regenerare celulară subcutanată pe termen lung.

Este foarte indicat pentru o piele cu probleme, cu cicatrici, cu retenţie de apă, se foloseşte pentru faţă, gât şi decolteu. Activează microcirculaţia, favorizează o mai bună oxigenare a celulelor şi întinereşte pielea. Cryolift-ul face şi drenaj limfatic pentru zona cearcănelor – aviz doamnelor care au această problemă neplăcută! Nu are contraindicaţii şi, în urma utilizării lui, beneficiul de imagine este atât de evident, încât sunt sigură că va avea un succes nebun pe piaţa românească, aşa cum are deja în toată lumea. Pentru că întinerirea e un vis pe care şi-l doreşte împlinit orice femeie, începând cu starurile de la Hollywood şi terminând cu femeile necunoscute ale ultimului orăşel de pe planetă.

Utilizarea Cryolift-ului este senzaţională pentru mirese, pentru femeile care trebuie să fie regine în cea mai importantă zi a vieţii lor – nu vă puteţi imagina ce efecte benefice poate să aibă o şedinţă de 50 de minute cu acest aparat-minune. Fiind şi portabil, specialistul se poate deplasa la domiciliul clientei, iar asta, pentru o mireasă atât de stresată şi de alergată în ziua nunţii, este perfect.

Tratamentul cu Cryolift este bazat pe influenţa extraordinară a terapiei prin criogenare, e o simbioză perfectă între produse de înaltă calitate şi efectul biostimulator al crioterapiei. Datorită temperaturii scăzute, se lucrează pe piele la –15°C, iar toate ingredientele produselor folosite pătrund adânc în toate straturile dermei şi, astfel, factorii lor activi sunt complet asimilaţi. Acest tratament închide porii dilataţi şi are un efect de lifting asupra unui obraz obosit. Voi apărea în curând la diverse emisiuni de televiziune cu aparatul Cryolift în demonstraţii practice, pentru că această metodă merită promovată şi veţi vedea efectele uluitoare ale acestei tehnologii avansate de înfrumuseţare.

Ce persoane publice ai machiat de-a lungul timpului?

Mi-ar fi mai simplu să-ţi spun ce persoane publice nu am machiat, dar o să încerc să-ţi fac o mică listă cu nume. Sigur, pe primul plan este chiar Mihaela Rădulescu. Pentru că suntem în octombrie, am machiat-o pe regretata Laura Stoica. Pe la fel de talentata şi frumoasa Mădălina Manole. Au mai fost machiaţi de mine Nadia Comăneci, Ramona Bădescu, Brânduşa Novac, Marie France Ionesco (fiica marelui Eugène Ionesco), actualul prim-ministru al Israelului, Benjamin Netanyahu, Jacques Chirac (pe vremea când era preşedintele Franţei), Traian Băsescu, Călin Popescu-Tăriceanu, Adrian Năstase, Monica Bîrlădeanu, Petre Roman, Oana şi Catinca Roman, Ilie Năstase, Mariana Bitang, Gabriela Cristea, Corina Caragea, Maria Marinescu, Nico, Mirabela Dauer, Nicoleta Luciu, Liana Stanciu, Loredana, numeroase trupe feminine, mixte sau de băieţi, artişti, actori, politicieni.

Gândeşte-te că am ani de zile lucraţi în televiziune la emisiuni de divertisment, sociale şi de ştiri şi vei avea o imagine completă a tuturor numelor importante care s-au aşezat pe scaunul meu la masa de machiaj. Sunt mulţi, foarte mulţi. Toate vedetele de televiziune, oameni de afaceri şi politicieni, toate personalităţile importante din ţara noastră – şi nu numai – au fost pe mâna mea în apariţiile lor publice.

Am observat că pui foarte mult accentul pe sprâncene. Conturezi nişte forme ale sprâncenelor care dau o notă de frumuseţe fizionomiei femeilor. Cât de mult contează cum arată sprâncenele?

Enorm! Imaginaţi-vă că faţa noastră este un tablou, o pânză pictată. Ei bine, sprâncenele sunt rama acestui tablou. Ele pot împlini o operă sau o pot distruge, cam aşa văd eu lucrurile, şi asta este importanţa pe care ar trebui să o acordăm sprâncenelor noastre. În termeni mai puţin poetici, sprâncenele frumoase ajută enorm la realizarea unui machiaj desăvârşit – nu putem avea un produs finit reuşit excluzând din ecuaţie tocmai sprâncenele, care ne subliniază expresivitatea ochilor, ne pun în valoare personalitatea. Nu încep niciodată un machiaj fără să mă concentrez mai întâi asupra formei sprâncenelor. Şi, până nu sunt mulţumită de cum arată, nu fac următorul pas!

Care a fost cea mai mare reuşită profesională de-a lungul acestor ani de experienţă acumulată?

Pentru mine, orice machiaj reuşit, orice sprânceană perfectă este o victorie profesională. Pentru că mi-am dorit să nu fac rabat de la calitate nici în cele mai mărunte lucrări executate. Aparent mărunte. Reuşite profesionale, pentru mine, sunt privirile încântate şi mulţumirile clientelor mele când se privesc în oglindă după o şedinţă de machiaj. În rest, nu cuantific. Nu spun niciodată „Asta e o reuşită, asta nu e". Pentru că nu-mi permit să ratez, am mai spus asta şi o repet. Imaginează-ţi că aş face un machiaj de mireasă nu foarte reuşit, ar fi un dezastru. Eu nu am voie să greşesc. Nu pot ruina ziua cea mai frumoasă din viaţa unei femei pentru că e mai puţin importantă decât o vedetă, să zicem. Sau pentru că am eu o zi mai puţin bună. Numele meu s-a ridicat exact prin seriozitatea şi profesionalismul cu care am abordat fiecare client în parte, fie vedetă, fie om obişnuit. Şi de aici au venit şi reuşitele, absolut toate. Premiile, distincţiile, invitaţiile şi aplauzele au fost consecinţele tuturor reuşitelor mele, care, de altfel, se întâmplă în fiecare zi.

Mihaela se machiază foarte natural.
Ce tip de machiaj şi ce culori de farduri
o avantajează cel mai mult?

Mihaela este preferata mea dacă este să vorbim despre persoane publice şi e lesne de înţeles de ce. Printre altele, pentru că are o personalitate imensă, o expresivitate deosebită şi, de ce nu, pentru că are un ten impecabil. Toate acestea, pe mine, ca make-up artist, mă ajută enorm, în machiaj se lucrează cu „materialul clientului“, noi îmbunătăţim, nu suntem chirurgi, nu tăiem şi refacem. Noi folosim datele naturale ale oamenilor pe care-i avem în faţă şi, prin jocuri de lumini şi umbre, estompăm sau punem în valoare.

Pe Mihaela o avantajează culorile neutre, are trăsături superbe şi nu e nevoie să pui în contrast nimic; la ea e cât se poate de firesc să-i scot în evidenţă frumuseţea prin naturaleţe. Ţinând cont că are un iris verde special, cel mult folosesc un *aubergine* pentru contrast, pentru a-l evidenţia, şi asta e cam singura culoare. Mihaelei i se potrivesc tonurile calde, de pământ, machiajul natural. Are suficientă personalitate, astfel încât machiajul trebuie să-i pună în valoare datele naturale, fără niciun fel de stridenţe.

Trucuri și tendințe în machiaj *

Te ghidezi după tendinţele internaţionale în materie de beauty sau îţi creezi propriul stil?

În ceea ce priveşte liniile după care mă inspir eu ca make-up artist, e normal să mă ghidez după tendințele internaționale în make-up, mai ales că sunt, dincolo de un profesionist, și o femeie modernă. Dar întotdeauna va exista amprenta mea în orice tip de machiaj realizez; îmi place să cred despre mine că, oricât de la modă și-ar dori clienta mea să fie, niciodată nu o voi sfătui să fie doar la modă, estompându-i sau chiar anulându-i personalitatea, atuurile și frumusețea personală. Iar ceea ce prefer eu este ceea ce nu se va demoda niciodată: naturalețea. Adică nuanțe de pământ, tonuri nude, sprâncene impecabil îngrijite, nu subțiate și reduse la o linie nenaturală, falsă.

Cred că frumusețea adevărată a unei femei nu poate fi condusă cu agresivitate de către o tendință sau alta. Tendințele sunt bune cât timp ne avantajează, ne subliniază calitățile sau ne îndulcesc micile imperfecțiuni.

* Interviu realizat de Cristina Pavel pentru www.shoppingtherapy-cristina.com, publicat în octombrie 2013.

Cum putem aplica aceste tendințe în machiajul de zi cu zi?

Niciodată nu au existat tendințe absurde, fantasmagorice. Există o modă pentru zi, așa cum există tendințe glamour. Există o modă pentru scenă și există o linie de demarcație clară între moda pentru o femeie obișnuită și Lady Gaga cea de pe scenă, de exemplu. E bine să nu facem confuzie între tendințe, plecând cu tramvaiul 11, la 7 dimineața, cu buzele învinețite de un ruj adaptat mai mult petrecerilor costumate de Halloween și cu ochii glitterați și îngreunați de gene fantezie. Nu știu de unde s-a împământenit ideea că naturalețea nu e la modă, când, dacă privim cu atenție prezentările marilor creatori internaționali, toate podiumurile sunt întesate de manechine cu fețe proaspete și dulci, cu ochi senini, neîngreunați de kilograme de mascara, și cu buzele abia atinse de un gloss nude, discret. Naturalețea este în tendințe în fiecare sezon, dragi doamne și domnișoare! Corectați doar imperfecțiunile, îngrijiți-vă serios și hidratați-vă tenul corespunzător. Puțin corector pe ici, pe colo, fond de ten matifiant, pudră doar o adiere – mai ales în zona T –, gloss nude sau în tonuri dulci, discrete, puțină mascara și sunteți și frumoase, și în tendințe!

Cu ce nuanțe de farduri și rujuri ar trebui să ne îmbogățim trusa de make-up, astfel încât să fim în trend? Dacă ar fi să alegi o singură nuanță și un singur produs-cheie, care ar fi acelea?

Aș zice că îmi ceri imposibilul! Sau că un fond de ten bine ales e suficient. Dar eu n-aș putea să stau fără un balm hrănitor. Sau fără mascara pentru un plus de volum (și care să fie waterproof vara). Fără o cremă cu factor de hidratare major, fără un corector bun, perfect acoperitor.

Dacă vrem să ne îmbogățim trusa de make-up, avem nevoie să știm, mai înainte de orice, ce ni se potrivește din tendințe și să învățăm să ne alegem corect produsele pentru make-up – atât ca textură, cât și ca nuanțe. Aş merge pe un ruj pentru ocazii speciale, dar asta pentru că mi-e greu să cred că o femeie, azi, nu are în trusa ei de „supraviețuire" urbană tot necesarul unui machiaj de zi cu zi reușit. Dacă nu l-ar avea, aici aş insista pe frumusețe și produse de îngrijire de zi cu zi.

Make-up artistul Anca Rădulescu, pe primul loc în topul preferințelor Mihaelei Rădulescu*

După ce a machiat președinți de stat, staruri și vedete de pe primele locuri din top, după ce și-a adjudecat premii de „Cel mai bun make-up artist“ și mai ales după ce s-a angajat în proiecte legate de atelierul ei de make-up, artistul-vedetă Anca Rădulescu s-a așezat la catedră și transmite mai departe din secretele unui machiaj reușit unei noi generații. Între timp, își crește fiica, are grijă de câțiva cățel și își continuă povestea de dragoste de-o viață cu soțul Florin, iubirea ei dintotdeauna.

Cum ai început anul, Anca?

În forță, cum altfel? Continuând proiectele vechi, angajându-mă în altele noi și pregătind câteva surprize pentru femei.

Mai concret, am început din nou cursurile atelierului meu de make-up cu trei module de pregătire, am făcut deja câteva ședințe de make-up pentru clientele mele în vederea participării lor la diverse evenimente publice, am fost deja implicată

* Interviu realizat de Carmen Voinea-Răducanu pentru www.cod-roșu.ro, apărut în 2012.

în calitate de make-up artist la shooting-ul unei reviste glossy pentru fotografia de copertă. Am demarat și un nou curs de make-up la Academia „Giulia Nahmany", unde predau, în afară de Atelierul de make-up profesional „Anca Rădulescu", și mă pregătesc să „atac" din nou țara, cu drumuri lungi și frumoase în diverse orașe, pentru seminariile de make-up profesional ConTour „Frumoasă cu orice chip".

Care sunt cele trei module de pregătire în make-up profesional?

Modulul I este, de fapt, un curs de inițiere/calificare în machiajul profesional, al doilea modul e un curs de perfecționare în make-up şi al treilea este un curs de machiaj individual, automachiaj. Practic, cursurile sunt structurate de aşa manieră încât aproape oricine poate să ia parte la ele, de la persoane care sunt deja implicate în industria de frumuseţe şi până la începători. Inclusiv doamne care nu ştiu cum să-şi folosească singure în mod corect propria trusă.

În ce constă un seminar organizat de tine în țară?

Seminariile pe care le țin în țară se desfăşoară de-a lungul a trei zile pline, iar cursantele vor învăţa care este utilizarea corectă a fiecărui instrument din trusa de machiaj, cum se aplică fardurile în funcţie de forma feţei şi a ochilor şi care este tehnica pentru crearea efectului de lumini şi umbre. Seminarul se adresează atât doamnelor care lucrează deja în industria de frumuseţe, cât şi celor care vor să înveţe cum să fie frumoase în orice ocazie. La finalul celor 15 ore petrecute împreună, participantele vor şti cum se realizează un machiaj de zi, machiajul de seară văzut în surse de lumină diferite, diferenţele dintre machiajul de zi şi cel de seară sau cum arată machiajul pentru ocazii speciale: pentru mirese, fantezie ori pentru scenă, pentru şedinţele foto color sau alb-negru.

Diplomele pe care le primesc absolventele cursului sunt aprobate de vreun minister, sunt recunoscute?

Sigur că da, sunt recunoscute de Ministerul Muncii, Educaţiei şi Cercetării Ştiinţifice şi de Autoritatea Naţională pentru Calificări (A.N.C.).

Dă-ne două direcţii generale de machiaj pentru cititoarele noastre, să zicem pentru un machiaj de zi şi unul de seară.

Întotdeauna va fi la modă frumuseţea naturală, machiajul care pune în valoare trăsăturile dominante ale fiecărei femei; prin urmare, dacă vă axaţi pe un machiaj natural, veţi fi mereu în tendinţe.

La machiajul de zi, o primă greşeală majoră şi care este obligatoriu de evitat o constituie aplicarea fondului de ten cu aspect de mască – şi aici mă refer la culoare, mod de aplicare şi textura aleasă, toate acestea reprezentând un mod defectuos de a te machia. O altă greşeală este realizarea unui machiaj în nuanţe puternice (gen smokey eyes) în timpul zilei sau, mai grav, dimineaţa, aşa cum procedează adolescentele în ziua de azi.

Toate nuanţele ce derivă din culorile pământului se potrivesc machiajului de zi, natural, ce trebuie să aibă mereu o notă proaspătă, luminoasă şi naturală, iar pentru buze un gloss este mai mult decât perfect.

Pentru machiajul de seară trebuie să ţinem cont de două aspecte extrem de importante, şi anume sursa de lumină la care se va expune machiajul şi jocul de lumini şi umbre atât la nivelul feţei, cât şi la nivelul ochilor, dar aici e o discuţie mai lungă. În orice caz, nici în timpul serii machiajul nu trebuie să fie exagerat, chiar dacă este mai puternic decât în timpul zilei. Orice exagerare în machiaj este în detrimentul doamnei sau domnişoarei care îl poartă, iar scopul este ca machiajul să ne facă mai frumoase decât suntem deja, nu să ne urâţească sau să ne dea o notă de vulgaritate.

Îţi cer prea mult dacă te rog să-mi spui în premieră ceva ce nu ai mai declarat presei până acum? Ceva ce eu bănuiesc.

Pentru tine, fie, o să-ţi spun.

Pictez. Se întâmplă în puținul meu timp liber; pictez şi iubesc la nebunie asta. Nu vreau să creadă nimeni că am pretenţia de a fi Picasso, dar iubesc culorile şi pensulele. Mă inspir din tot ceea ce mă înconjoară şi îmi petrec ore întregi în fața şevaletului şi a pânzelor mele, fără să simt oboseala și scăpând astfel de stresul zilelor mele extrem de pline. Şi să știi că mă pregătesc să-mi expun lucrările la atelierul meu de make-up. Şi sunt extrem de mândră că voi putea să fac asta şi să le vadă şi altă lume în afara celor din familie! Până la urmă, poate că pictura e visul meu, poate că e un hobby care se află în strânsă legătură cu meseria mea, pe care o iubesc imens. Dacă aş fi făcut altceva în viaţă, atunci să ştii că aş fi pictat. Dacă pot să fiu şi make-up artist, şi mamă, şi soţie, şi fiică, şi mătuşă, şi noră, şi prietenă, şi naşă, şi să şi pictez pe pânză, nu numai pe pielea umană, e perfect, mă declar o femeie împlinită!

Pasiunea pentru machiaj *

Cum ţi-ai descoperit pasiunea pentru machiaj?

Nu ştiu dacă la început s-a numit pasiune pentru machiaj; cred că, mai curând, a fost o iubire nebună pentru culoare. Care, sincer, la început de viaţă era, de fapt, o pasiune pentru desen, pentru foile albe care se modificau în cu totul şi cu totul altceva sub „atacul“ concentrat al creioanelor mele colorate. Apoi, mult mai târziu, pasiunea s-a mutat către acuarele şi uleiuri. Între toate aceste iubiri s-a strecurat, timid la început, iubirea adevărată. Iniţial sub forma unei idei, aceea că un chip poate fi subtil ajutat, îmbunătăţit cu măiestrie şi talent.

În paralel cu toate astea, m-am „războit“ cu feţele păpuşilor mele încă de când aveam cel mult 3 ani. Arma mea era creionul chimic, desigur, pentru simplul motiv că niciun creion colorat nu avea efect permanent asupra operei mele. Povestea păpuşilor mele „aranjate“ cu ajutorul creionului chimic poate că nu diferă mult de încercări similare ale altor fetiţe, însă pentru mine a fost incredibil să înţeleg cât de mult contează o faţă frumos şi îngrijit pictată. Privind în jurul meu, nu neapărat înspre bietele păpuşi. Pentru că mama era mult

* Interviu apărut on-line, pe www.ciao.ro.

mai frumoasă când îşi colora buzele, iar prietenele ei arătau diferit când veneau la noi în vizită şi aveau ochii desenaţi. De la toate acestea şi până la primele încercări făcute pe propriul chip şi, ulterior, pe acelea ale colegelor şi prietenelor, nu a trecut prea mult timp şi, curând după aceea, am înţeles că acesta e viitorul pe care mi-l doresc.

Cum ţi-ai început cariera? Ce ai simţit când ai realizat primul machiaj profesional?

Mi-am început cariera cu un prim pas, acel pas despre care ţi-am spus mai devreme. Pentru că sunt adepta paşilor mici, dar fermi. Mi-am construit mai întâi temelia viitoarei cariere. Am mers la şcoli şi am învăţat această meserie pas cu pas, cu migală şi dăruire, nu ca pe o nevoie banală de a munci cu program relaxat de viaţă. Am citit enorm, am întrebat, am fost atentă la ce se petrecea în jurul meu, am tras cu coada ochiului înspre oamenii talentaţi şi dedicaţi cu care m-am intersectat în viaţă, la şcoală ori la locul de muncă. Ştiam că nu pot începe să învăţ alfabetul de la ultima literă, aşa că am exersat „bastonaşele" până le-am visat nopţi în şir. Şi tot aşa înainte, până abia am ajuns la „a". N-am vrut totul dintr-odată şi din prima zi, am avut bunul-simţ instinctiv să ştiu că fără răbdare şi trudă reală nu pot să aflu niciun secret esenţial al acestei meserii superbe, nu pot să ajung la măiestrie fără pasiune adevărată şi muncă trudnică. Când am realizat primul machiaj profesionist, am fost fericită că am înţeles diferenţa dintre profesionism şi amatorism.

Cât de greu este să te afirmi în acest domeniu?

Cam la fel de greu ca în oricare domeniu şi de douăzeci de ori mai complicat ca în oricare meserie artistică. Pentru că aici nu ai o pânză imaculată pe care să-ţi aşterni viziunea artistică de la zero; în machiaj lucrezi mult şi cu „materialul clientului“. Cu tenul lui, cu trăsăturile lui, cu toate calităţile şi defectele lui. Pentru că nu suntem perfecţi, nu-i aşa? Iar eu trebuie să aduc fiecare detaliu la ideal, fie că este vorba despre calitatea tenului, forma ochilor, a sprâncenelor sau a pomeţilor. Şi nu e deloc simplu să te afirmi pentru că lupţi cu obişnuinţe, cu gusturi care diferă de la persoană la persoană. Numai un profesionalism desăvârşit îţi poate asigura succesul, numai o muncă plină de pasiune şi foarte mult talent te pot detaşa de ceilalţi specialişti în domeniu. Nu am ajuns uşor la performanţele de astăzi, mi-am făcut şi eu anii de culise înainte de a urca pe scenă în aplauzele publicului. Şi, până la urmă, aşa şi trebuie. Nu poţi să pretinzi că eşti cel mai bun când abia ai început să înţelegi, vag, cum stau lucrurile în această meserie.

Cât de mult contează să faci un curs de specialitate?

Enorm! Fără aşa ceva nu exişti ca make-up artist. Faptul că stai toată ziua în faţa oglinzii şi-ţi fardezi (de obicei foarte prost) propriul obraz cu o pudră oarecare şi-ţi faci buzele cu un ruj cumpărat din primul supermarket nu te recomandă ca make-up artist. Trebuie să înveţi foarte multe lucruri despre machiaj înainte de a pune mâna pe farduri. Despre forme, despre culori, despre ten, despre tehnică, despre psihologia clientului mai ales. Despre foarte, foarte multe. Fără un curs nu ai nicio şansă, oricât te-ar lăuda mama că ai fardat-o foarte bine. Fără şcoală nu poţi să te pretinzi make-up artist profesionist. Pentru că nu eşti şi nu ai nicio şansă să devii. Ştii, e o vorbă: „Nu e prost cine nu ştie, prost e cel care nu vrea să înveţe.“ Pe motiv că el le ştie pe toate, aş mai adăuga eu. Nu le ştim pe toate, n-avem cum, chiar dacă ne-am fardat şi noi ca toate femeile din lume. Asta nu înseamnă că ştim. Mergem la şcoală dacă vrem să ştim. Obligatoriu!

Cât durează un asemenea curs?
Și ce anume învățăm?

În general durează două luni și jumătate, dar depinde de ceea ce doriți să învățați. Avem cursuri de automachiaj, de exemplu. Avem un modul de specializare în machiaj sau chiar cursuri de master. Învățăm morfologia chipului uman și studiem detaliile feței, învățăm noțiuni despre produsele și ustensilele folosite în machiaj. Vorbim despre cromatologie – teoria culorilor. Și, mai ales, învățăm cum să fim frumoase cu orice chip. Noi și toate femeile de lângă noi.

Ai un model, o personalitate din acest domeniu care te-a inspirat?

Chiar mai multe. Kevyn Aucoin, pentru mine, a fost un adevărat model de urmat, un om cu un destin tragic și un artist desăvârșit. Pentru o ședință de machiaj cu el era nevoie să te programezi cu luni de zile înainte și costa cel puțin 10 000 de dolari. A avut grijă de lookul celor mai mari personalități din lumea muzicii și a filmului. A machiat cele mai importante celebrități ale lumii. Mai sunt Robert Jones și Rae Morris, oameni care au schimbat pentru totdeauna arta machiajului.

Ai avut clienți dificili sau cerințe neobișnuite?

Evident. Lumea e frumoasă pentru că e diversă. Clientele mele sunt oamenii pe care îi iubesc, cei cărora le voi mulțumi mereu, mereu. Pentru că de la ele am învățat multe. Uite, una dintre clientele mele mi-a cerut să o ajut să arate obosită, tristă, încercănată. Trebuia să impresioneze pe cineva, era o poveste de iubire pe-acolo. Într-un cuvânt, fața ei trebuia să fie a unui om distrus. Ei bine, asta nu este o cerere banală, obișnuită. Și i-am făcut pe plac.

Care este diferența dintre un machiaj profesional și unul obișnuit?

Machiajul profesional, în primul rând, este realizat cu produse profesionale. Machiajul obișnuit este realizat cu produse comerciale. Este, dacă vrei, cea mai importantă diferență, dar nu singura.

Machiajul profesional poate fi unul pentru o ședință foto, pentru o emisiune de televiziune, pentru un videoclip sau pentru o prezentare de modă.

Machiajul obișnuit este cel de toate zilele, cel pe care orice femeie îl folosește. Nu s-ar putea realiza un machiaj pentru o ședință foto sau emisiune de televiziune cu produse comerciale. Din cauza multelor ore petrecute în studio sau a căldurii excesive, fardurile comerciale s-ar topi pur și simplu pe obrazul vedetelor.

Diferențele sunt imense. În general, un machiaj obișnuit este un machiaj natural, realizat cu produse comerciale. Sigur, există și machiaj natural cu produse profesionale.

Ce preferi să accentuezi într-un machiaj?

Calitățile evidente ale clientei. Atuurile ei. Și, așa cum cred eu că este și normal, ochii. Pentru că ei vorbesc, pentru că ochii spun despre noi lucruri pe care nu le-am putea spune la prima vedere, la o primă prezentare, în loc de „Sunt X, mă bucur să vă cunosc".

Ce nu trebuie să lipsească din trusa noastră de make-up?

Fondul de ten ca mijloc de protecție și apărare a tenului, cel care acționează ca o barieră între pielea noastră și factorii externi: praf, bacterii, noxe. Apoi, rujul sau glossul şi, obligatoriu, un tub cu mascara. Astfel atingem cele mai importante şi mai vizibile repere de pe chipul nostru: tenul, ochii şi buzele.

Dacă ai putea alege un truc pe care să-l recomanzi femeilor, care ar fi acela?

Condiţia tenului e cel mai frumos truc. O piele îngrijită şi sănătoasă este esenţială. Iar dacă este să vorbim de trucuri cu adevărat, ei bine, acestea de obicei se învaţă, nu se oferă pe tavă. Iar cei cu ochiul ager le fură.

Un mesaj pentru cititorii CIAO.ro

Fiţi frumoşi cu orice chip! Iubiţi-vă şi respectaţi-vă! Faţa dumneavoastră este frumoasă indiferent ce forma ar avea. Nu ieşiţi pe stradă fără să vă protejaţi de agresiunile cotidiene, subliniaţi-vă calităţile cu care v-a înzestrat natura, iar pentru femei, vă rog, învăţaţi cum să vă machiaţi corect! Sunteţi prea frumoase ca să greşiţi!

1

Frumusețe, armonie mentală, trup și suflet

Ce este frumusețea fizică?

Exercițiul asumării unor răspunsuri decisive ar putea să ridice probleme majore cuiva hotărât să ducă acest demers până la un final victorios. Pentru că, ori de câte ori mă întorc în timp, realizez că idealurile de frumusețe au fost și au rămas mereu schimbătoare, așadar semnul cel mai clar că frumusețea nu este un șablon.

Adevărul în ceea ce privește frumusețea este unul singur: odată cu timpurile, odată cu moda și modelele impuse de societate, odată cu ochii privitorului, frumusețea a fost mereu într-o continuă mișcare, modificându-se, nehotărâtă să se oprească la un singur tipar, rigid și bătut definitiv în cuie.

Să ne gândim la buzele roșii, savant desenate sub forma unei inimioare – și iată că femeia interbelică devine recognoscibilă cu ușurință.

Ce vă spune o cărare pe mijlocul capului, plete în vânt și fixate pe frunte cu bentițe? Exact: e femeia hippie a anilor ’60.

Trupurile pline, excesive? Femeia rubensiană, fără nicio îndoială.

Corpurile clepsidră? Tributul adus frumuseții în epoca victoriană.

Femeia filiformă, emaciată, aproape descărnată? Moda Twiggy.

Femeia aflată mereu în căutarea chirurgicală a celei mai bune variante a corpului său? Secolul XXI.

Iată, așadar, în ce fel curentele și modelele sociale au influențat percepția omenirii asupra frumuseții, iată cum niciodată de-a lungul timpului omul nu a ales un singur tip de frumusețe feminină, căruia să-i rămână fidel pentru totdeauna, ci și-a modificat mereu preferințele.

Nu știu să spun dacă îmi displac rotunjimile lui Marilyn Monroe; toată omenirea era îndrăgostită de perfecțiunea chipului și corpului ei – și încă ne amintim de visul blond al bărbaților din anii ’50–’60, după mai bine de jumătate de secol de când actrița ne-a părăsit. Nu știu să spun dacă mă dau în vânt sau întorc capul cu oroare la vederea trupului fără forme al celebrului manechin Twiggy, de la începutul anilor ’70.

Însă un lucru știu cu siguranță: normalitatea frumuseții feminine, excepție făcând extremele, m-a atras întotdeauna. Naturalețea. Și militez mereu pentru ea. De la machiajul chipului până la greutatea corporală, naturalețea și tușele neforțate mi s-au părut a fi mereu în tendințe, întotdeauna câștigătoare în lupta cu orice fel de modă și modele. Sau cu privirile critice ale societății.

Doamnelor, frumusețea este întotdeauna ceea ce sunteți, nu ceea ce vă spun alții că trebuie să deveniți, așa că iubiți-vă exact pentru ceea ce vedeți în oglindă și nu încercați doar să fiți la modă – în detrimentul sănătății voastre, de exemplu. Sau eliminându-vă bucăți esențiale din forul interior. Frumusețea nu este și nu trebuie să devină un joc al societății ce ne obligă să intrăm în competiție cu noi înșene, un joc ce, din păcate, s-a perfecționat enorm de-a lungul secolelor. Știu că trăim vremuri în care perfecțiunea este căutată adesea cu bisturiul, dar... nu săriți calul! Atitudinea, conștiința propriei valori, acesta este lucrul cel mai important pentru frumusețea feminină. Gândiți-vă doar la un singur lucru: perfecte nu vom putea fi pentru toată lumea niciodată – *de gustibus*, nu-i așa? Așa că frumusețea înseamnă, în primul rând, să fim bine în lăuntrul nostru, împăcate cu noi înșene și cu tot ceea ce știm că suntem. Doar așa vom putea fi frumoase și pentru alții.

Iubiți-vă, repet. Respectați-vă, este esențial! Ridicați-vă fruntea și priviți mereu înainte cu drag de voi, cu prietenie și acceptare înspre defectele voastre. La urma urmei, suntem unice și datorită acestora. Și, cu puțină știință în arta machiajului, putem transforma orice defect într-o calitate numai și numai a noastră. Iar îngrijirea darurilor cu care am fost înzestrate este datoria noastră față de generozitatea și bunăvoința lui Dumnezeu pentru noi.

Frumusețea este ceea ce ne place, frumusețea este ceea ce iubim. Noi, nu alții. Pentru că frumusețea este nu numai în ochii privitorului, ci în fiecare fibră omenească. Pentru că frumusețea suntem noi. Și, cum nimic nu s-a născut pe lume întâmplător, am credința că frumusețea ne-a fost dăruită și pentru a uita astfel de griji, de necazuri, de nevoi, de neîmpliniri, de dureri. Frumusețea este, într-un fel, calea prin care Dumnezeu își revarsă asupra noastră iubirea. Învățându-ne totodată să iubim.

Frumusețea și machiajul în istoria omenirii

Probabil că cel mai puternic instinct al omului primitiv a fost perpetuarea speciei, dimpreună cu instinctul de supraviețuire. Şi nu cred că, din acest punct de vedere, lucrurile s-au schimbat prea mult până în ziua de azi: lumea merge înainte împinsă – inclusiv spre progres – de simțurile care o poartă către fiecare lucru care asigură protecția speciei: puterea și frumusețea. Aşa cum, tot din instinct, omul a înţeles că trebuie să mănânce ca să supravieţuiască, tot aşa a intuit că frumuseţea este combustibilul care îi alimentează puterea asupra celorlalţi, forța de a merge înainte, dragostea şi norocul.

Astfel, devine foarte clar că machiajul, cu siguranță, a fost inventat încă din cele mai străvechi timpuri pentru corectarea darurilor mai mult sau mai puțin generoase cu care omul a fost înzestrat de natură. De cele mai multe ori. Ori pentru a-l scoate în evidență.

În vreme ce triburile primitive foloseau machiajul ca mijloc de recunoaştere ori ca semnal pentru a marca diversele evenimente din viaţa comunităţii, cum ar fi războiul, procesiunile religioase ori celebrarea uniunii dintre un bărbat şi o femeie, în Antichitate folosirea machiajului sublinia diferenţa de castă, departajând cât se poate de clar clasa socială bogată de cea săracă.

Prima menţiune scrisă despre produsele cosmetice ne poartă înapoi în timp, până în Egiptul Antic, aproximativ în anul 4000 î.H., deşi multe dintre aceste produse îşi aveau originea în Asia. Se pare că femeile cu o poziţie socială importantă îşi aplicau pe chip o loţiune de culoare verde pentru a-şi sublinia trăsăturile, îşi pictau sprâncenele, iar în mormintele din Egiptul Antic s-au descoperit vase cu un produs cosmetic pe bază de funingine, cu ajutorul căruia femeile îşi puneau în evidenţă ochii – *kohl.* În Orientul Îndepărtat, în China şi Japonia, făina de orez era folosită pentru albirea feţei, iar în Grecia Antică vopsirea feței se făcea cu făină de plumb şi cretă albă. Ba chiar cu un clei pe bază de ocru. Pentru colorarea buzelor, doamnele foloseau crema de fier, iar pentru ochi utilizau creioane de cărbune. Dacă înaintăm până în era noastră, în jurul anului 100 îl vom descoperi pe Plaut, cel mai important autor de la începuturile literaturii latine, care scria că „o femeie fără culoare este ca mâncarea fără sare", o nouă menţiune despre importanța machiajului.

Ajunși deja la Roma Antică, aflăm și că romanii îşi dădeau cu unt pe obraji, îşi colorau unghiile cu sânge de oaie şi le lustruiau cu seu de la acelaşi animal. Contribuţia lor specială în industria frumuseții a fost moda băilor de nămol, dar și vopsirea părului la bărbați – romanii își vopseau părul în blond pentru a părea mai tineri. Arta machiajului a devenit extrem de importantă în perioada Imperiului Roman, iar doamnele din înalta societate aveau deja sclavi special instruiţi pentru aplicarea diverselor machiaje. Se pare că tot romanii au inventat şi fondul de ten, denumit *fucus*.

În Evul Mediu, în Europa Occidentală, cosmeticele şi produsele pentru machiaj erau întrebuințate doar de către aristocraţi: atât femeile, cât şi bărbaţii foloseau ziua albuşul de ou pentru întinderea feței, iar noaptea dormeau cu fleici de viţel pe faţă pentru întinerire. În timp ce Italia şi Franţa deveniseră centre ale industriei cosmetice, Orientul furniza toate ingredientele pentru parfumuri. Tot în Evul Mediu, Franţa a perfecţionat arta parfumeriei, dar a şi inventat o armă mortală: folosirea fardurilor pentru a ucide. Se pare că simpla înlocuire a plumbului cu arsenic în compoziţia pudrei ducea automat la moartea în cel mai scurt timp a celui care o folosea.

În secolele al XVII-lea şi al XVIII-lea, cosmeticele sunt deja utilizate de toate păturile sociale, cu excepţia clasei foarte sărace, iar fardurile şi rujurile roşii devin un simbol al tinereţii şi bunăstării. Tot atunci apar şi cosmeticienii şi machiorii profesionişti, iar băile în vin, pe lângă cele în lapte cunoscute încă din Antichitate, devin reţete de lux pentru păstrarea tinereţii pielii. În timpul Revoluţiei Franceze industria de frumuseţe se opreşte brusc, de frica repercusiunilor sociale.

Dar în secolul al XIX-lea, tot în Franţa, ia din nou amploare industria de frumuseţe. În plus, cercetarea ştiinţifică revoluţionează procedeele clasice de fabricare a cosmeticelor, oxidul de zinc înlocuieşte mixturile toxice de plumb şi cupru utilizate până atunci la fabricarea pudrelor.

Pe la 1850, bărbaţii se foloseau de machiaj pentru a-şi îmbunătăţi aspectul, iar regele George al IV-lea nu se uita la bani când era vorba de produse de înfrumusețare. Franţa devine un important punct de reper în moda europeană şi nu numai. Pudra albă ajunge să fie un *must have*, ochii sunt subliniaţi de machiaj, iar buzele se vopsesc în culoarea roşie. Epoca victoriană aduce însă schimbări de mentalitate, iar machiajul începe să fie asociat cu prostituatele şi actriţele, considerate în acea epocă femei de moravuri uşoare. Tendinţele victoriene se perpetuează până în secolul XX, când valul emancipării feminine pornit din America cuprinde şi conservatoarea Europă, iar machiajul devine un serios purtător de cuvânt în lupta pentru eliberarea femeii de constrângeri sociale şi religioase, ba chiar și în lupta pentru obținerea dreptului la vot.

Odată cu apariţia cinematografului şi a dezvoltării star-system-ului, începe epoca de aur a machiajului. Vedetele de cinema sunt noile modele pentru societate, influenţând definitiv atât moda, machiajul, cât şi libertatea femeii. O evoluție enormă în ceea ce privește machiajul se înregistrează în anii '60 ai secolului trecut, când mişcarea hippie eliberează complet femeia. Şi, da, inclusiv arta machiajului: imaginația are mai multă libertate decât oricând, iar buzele se pot colora şi în alb, fețele se pictează chiar şi cu imagini. Însă când Brigitte Bardot devine *fashion icon* pentru o întreagă generaţie, puterea este preluată de fata tânără şi neîngrădită de mentalități, cea care aleargă liberă în natură, are tenul bronzat, ochi accentuaţi savant și buze colorate discret, cât mai aproape de natural.

La noi în ţară, „sulemeneala", obicei importat din Orient, era când hulită, când adorată, dar a dăinuit sute de ani, cunoscută fiind tuturor categoriilor sociale. În 1820, când clasele avute adoptau moda europeană în îmbrăcăminte, sulemeneala era răspândită nu numai printre boieri, ci inclusiv la sate.

După 1989, prin apariţia nenumăratelor mijloace de informare în masă – multe posturi de televiziune, presă mondenă, reviste glossy –, dar şi grație vedetelor de televiziune și internetului, interesul româncelor pentru înfrumuseţare la modul general şi pentru machiaj în special a crescut exponenţial.

Astăzi, industria de beauty din România înregistrează cifre de afaceri excelente, cunoscut fiind apetitul româncelor pentru frumusețe, pentru îngrijire corporală și facială. Așadar, noi avem femei nu doar puternice și frumoase, ci și preocupate de felul în care arată, urmărind cu interes standardele de frumusețe ale epocii în care trăiesc, fără a face din asta o preocupare frivolă, ci încercând să mențină un echilibru între sănătate și frumusețe, între armonia fizică și cea spirituală.

Româncele sunt frumoase și, folosindu-mă de un clișeu, salutar în acest caz, aș putea spune că sunt frumoase atât exterior, cât și interior, născând din împletirea frumuseții fizice cu a celei interioare o stare de grație, fără ca acest melanj să devină o profesiune de credință și o obsesie, ci un pas esențial către atingerea unui ideal cu care, de altfel, le-a înzestrat natura. Iată un exercițiu perfect de educație în zilele noastre, esențial în dezvoltarea fiecărei ființe umane, româncele încercând să păstreze totodată un echilibru armonios între simplitate şi rafinament.

Așadar, să fim frumoase! Tot ceea ce ne mai rămâne de făcut este să potrivim desăvârșit ceea ce suntem cu ceea ce avem la îndemână în vremurile pe care le trăim.

Și vom deveni splendide!

Frumusețe exterioară vs. frumusețe interioară

Dacă iubirea, zice-se, trece prin stomac, ei bine, frumusețea exterioară ar putea fi PR-ul frumuseții interioare (și vă dau voie să mă citați!).

E simplu: toată lumea ridică în slăvi frumusețea interioară – și chiar este cazul, căci ea contează enorm. Iată un exemplu cât se poate de concret și elocvent, chiar dacă banal: ne putem apropia încrezători și plini de entuziasm de oamenii cu o înfățișare neatrăgătoare? Nu prea. Ba chiar suntem tentați să ne îndepărtăm cât mai repede de ființele neîngrijite, al căror aspect lasă de dorit. Deși ar putea fi cei mai frumoși oameni din lume pe dinăuntru, nu-i așa? Numai că nu vom ajunge niciodată să le descoperim comorile ascunse în inimă atât timp cât îi considerăm respingători fizic, asta-i clar.

Iată de ce susțin mereu cât de importantă este imaginea exterioară a cuiva, iată de ce promovez de fiecare dată îngrijirea cu atenție a chipului (evident, și a trupului!), indiferent că este vorba despre femei sau despre bărbați.

Mi s-a întâmplat să pun în balanță, fără să vreau chiar, apropierea mea de un om cu un aspect plăcut și pe aceea de unul cu un chip mai puțin arătos. Și instinctul, în general, m-a îndepărtat de cel de-al doilea, fără să calculez, fără să-mi impun asta, ci pur și simplu din nevoia naturală de a avea lângă mine armonie, frumusețe, zâmbet, bucurie, optimism.

Oricât ne-am bate cu pumnul în piept, frumusețea fizică e importantă. Și contează mult mai mult decât vrem să recunoaștem. Repet, fără a fi superficiali și a judeca simplist. Dar complexul de reflexe necondiționate proprii speciei umane ne conduce automat către frumusețe. Și, odată ajunși în preajma ei, putem constata că omul de care ne-am apropiat ascunde în adâncul său comori mult mai de preț decât imaginea sa exterioară. Și pe viitor, odată ce am făcut această descoperire, omul acela ar putea arăta oricum, n-ar mai conta atât de mult dacă e frumos sau urât în ecuația ce ne ține laolaltă. Însă, la o primă vedere, frumusețea (egală cu îngrijirea cam în 90% dintre cazuri) este foarte importantă.

Drept pentru care vă sfătuiesc să nu vă bazați doar pe tezaurul plin de minunății dinăuntrul vostru. Aveți grijă și cum îngrijiți carcasa ce adăpostește toate acele comori interioare. Pentru că între cele două nu este deloc o competiție, ci o unitate fără de care nu se poate trece senin prin viață. Priviți-vă mereu cu ochi critic și încercați să vă corectați imaginea în cel mai avantajos mod cu putință. Deoarece se poate. Deoarece nu e greu. Și, mai ales, deoarece contează.

Însă, atenție! Prea mult nu înseamnă neapărat și mai bine. Păstrați măsura corectă a tuturor lucrurilor, tocmai pentru a nu cădea în cealaltă extremă. Acesta este un alt motiv pentru care s-a născut cartea de față. Pentru a aduce stabilitate în dorințele noastre de mai bine. Pentru a echilibra cu inteligență toate ofertele cu care ne bombardează astăzi societatea consumeristă în care trăim. Pentru a discerne cu inteligență între ceea ce ne este benefic și ceea ce ne-ar putea dăuna.

Între frumusețea exterioară și cea interioară nu ar trebui să existe niciun fel de competiție, deoarece logica nu ar trebui să le despartă niciodată. Ca pe frații siamezi care merg peste tot împreună, uniți, chiar dacă organele lor, separate, funcționează independent unele de altele.

Și-atunci, mai poți alege? Cum? Și pe cine?

Pe care să pui degetul dacă cele două tipuri de frumusețe ar sta frumos aliniate și unite în fața ta: pe frumusețea exterioară sau pe cea interioară?

Eu le-aș alege pe amândouă, luate ca întreg. Pentru că niciuna dintre ele nu are valoare în absența celeilalte. Așa aș proceda eu. Și sunt convinsă că și voi ați face la fel.

Nimeni pe lume nu ar prefera să-i fie în preajmă un om cu un chip și un fizic frumos, dar găunos pe dinăuntru. Iar ipocriții care trâmbițează sus și tare că doar frumusețea interioară contează nu vor defila niciodată braț la braț cu un om neîngrijit, murdar, care nu se iubește, nu se respectă și pe care-l consideră urât la exterior – am văzut destule cazuri. Și ați întâlnit și voi genul, recunoașteți!

Nu putem alege, haideți să privim lucrurile cu franchețe. Frumusețea interioară și cea exterioară nu sunt două tabere inamice chemate să se înfrunte pe acest pământ. Ci sunt, în schimb, împletite într-o alianță de temut. Pentru că împreună pot reuși tot ce și-au propus: să schimbe lumea într-un loc mai bun și mai frumos pentru noi toți.

Avem nevoie de frumusețe?

Avem nevoie de apă, de aer, de iubire, de prețuire, de încredere, de bucurie, de artă, de natură, de animale, de zâmbete, de prieteni, de fericire. Cum să nu avem nevoie tocmai de frumusețe?

Frumusețea face parte din noi și din tot ceea ce ne înconjoară. Nu ne putem lipsi de ea oricât ne-am lăuda la un moment dat că „Nu contează".

Ba contează, inclusiv pentru cariera noastră, nu numai pentru restul lucrurilor ce ne alcătuiesc existența. Nu ne putem ascunde după deget.

Povești despre urâți care au cucerit lumea poate că există, dar sunt repere rare, extreme. Pentru că, repet, frumusețea fizică nu poate fi desprinsă de frumusețea interioară. Astfel că, atunci când vorbesc despre oameni urâți, eu includ în discurs și acel soi de diformitate spirituală ce le urâțește caracterul, iar când vorbesc despre oameni frumoși, mă refer la Frumusețe în toate sensurile: frumusețea exterioară și cea a caracterului luate ca un tot. Iar dacă privim puțin în istorie, exemplele de oameni frumoși cu cariere de succes sunt mult mai numeroase.

Frumusețea fizică a influențat de-a lungul timpului viața și cariera multor femei, care poate n-ar fi izbândit să rămână memorabile dacă ar fi fost mai puțin frumoase. Sau poate că da, însă nu e sigur. Vom vedea. Deocamdată să ne amintim despre blonda supremă, Marylin Monroe. Destinul divei a fost influențat enorm de frumusețea ei, devenită azi legendară. Sigur, se spune că aspectul ei fizic a fost mult construit de industria cinematografică; totuşi, ceea ce nu a putut să-i modifice sau să-i opereze vreun chirurg și nici să-i construiască vreun *personal coach* a fost acel farmec irezistibil, acel mister numai și numai al ei.

Și exemplele sunt nenumărate, mai ales dacă discutăm despre actrițe celebre, nume faimoase ale marelui sau micului ecran, femei aflate permanent în vizorul publicului: Audrey Hepburn, Virna Lisi, Ava Gardner, Jane Fonda, Sophia Loren, Angelina Jolie-Pitt, Jennifer Aniston, Kate Winslet, Julia Roberts, Sharon Stone etc.

Având în vedere gustul atât de diferit al oamenilor pentru frumos, unele dintre aceste femei le par superbe unora dintre noi, mai puțin frumoase altora, dar de succes pentru întreaga lume. Toate aceste femei au ajuns unde au ajuns și pentru că au fost frumoase, de acord. Mai ales că societatea modernă are tendința de a-i respinge imediat pe aceia care nu se înscriu în șabloanele general acceptate ale frumuseții și aplaudate în zilele noastre.

Dar, cu tot dragul, atunci ce mai putem spune despre Whoopi Goldberg? Sau despre Jodie Foster, o altă actriță genială? Sau despre Katharine Hepburn, Sally Field, Nia Vardalos, Sarah Jessica Parker ori despre Hattie McDaniel, Mammy din *Pe aripile vântului*? Cu siguranță, nu se încadrau absolut deloc în etaloanele de frumusețe ale vremurilor lor. Ba chiar fiecare dintre ele s-a lovit la un moment dat de replica „Ești foarte talentată, dar nu te înscrii în idealul de frumusețe fizică cerut de industrie". Și totuși, au răzbit. Au ajuns cel mai sus în meseria lor, multipremiate și îndelung aclamate. Au făcut istorie în rolurile pe care le-au interpretat.

Nu întâmplător am ales pentru acest subiect femei cu o meserie atât de expusă judecății oamenilor – ca să putem analiza cât mai complex subiectul.

Am adus în discuție și femei superbe, dar și femei cu o frumusețe mai subtilă, aparte. Pentru că nu există femei urâte, să fie foarte clar. Și femeile din ambele categorii au performat profesional la cel mai înalt nivel.

Un lucru e cert: frumusețea sigur a fost un avantaj pentru acelea care au avut-o de partea lor, deși veți vedea că nu toate femeile frumoase conștientizează avantajele pe care le au în raport cu cele mai puțin dăruite, ba chiar unele susțin că frumusețea le-a adus numai necazuri. Tot ce se poate, lumea e un loc unde se întâmplă multe lucruri aparent ciudate. Sau nu sunt deloc neobișnuite, le putem încadra la efecte normale.

Studiile psihologice confirmă un lucru ce, cu siguranță, e deja clar pentru toți: frumusețea ajută în carieră și, în același timp, influențează și personalitatea unui om.

Se știe că impresia imediată pe care o producem asupra celorlalți se datorează aspectului nostru fizic. În acele câteva momente în care ne facem o idee despre persoana pe care o avem în față, felul în care ni se prezintă este fundamental. Iar atunci când o persoană știe că e frumoasă, pe lângă trăsăturile fizice armonioase și plăcute cu care a înzestrat-o natura, și comportamentul său emană mai multă siguranță, mai mult respect de sine, iar persoana aceea pare a ști mai bine cum să atragă atenția asupra sa. Evident că tot acest ansamblu va avea mereu o influență pozitivă în viața acelei persoane, implicit asupra carierei sale profesionale.

Dacă, pe de-o parte, este imposibil de negat că frumusețea fizică are aceleași avantaje și pentru femei, și pentru bărbați, constituind o carte de vizită clară, ea nu constituie singura recomandare – în scenă intră și alte accesorii care contează: comportamentul, zâmbetul, personalitatea, alura, modul în care persoana vorbește, vocea sau chiar felul cum este îmbrăcată. Așadar, frumusețea este – și va rămâne mereu – un ansamblu complex de elemente care poate ajuta semnificativ la reușita profesională, însă cred că este de la sine înțeles că frumusețea nu este singurul criteriu care contribuie la succesul în viață – mai sunt necesare și o pregătire profesională temeinică, inteligență, inteligență emoțională, perseverență și multe altele.

Însă, pentru că acum vorbim de frumusețe, aș vrea să amintesc și de acele persoane, femei și bărbați deopotrivă, care nu sunt atât de frumoși fizic, dar care ne fascinează, îl au pe acel *je ne sais quoi* și folosesc în avantajul lor, atât în viața privată, cât și în cea profesională, șarmul cu care au fost înzestrați nativ. Așadar, a nu fi prea frumos ar trebui să nu constituie o problemă dacă ești plin de farmec.

În plus, să nu uităm că și cele mai reușite exemplare umane sunt expuse judecății societății. Cunoaștem cu toții acele clișee, malițioase uneori, care spun că femeia prea frumoasă e automat cam proastă, că bărbatul care stă multe ore la sală e doar o masă de mușchi și cu siguranță nu foarte... bărbat. Dar în realitate lucrurile nu stau deloc așa.

Totuși, dacă ar fi să tragem o concluzie intermediară, aș spune că porțile succesului se deschid mai ușor în fața oamenilor frumoși, dar numai competența ajută ca ele să nu se închidă la loc. Și repede.

Frumusețea – binecuvântare sau blestem?

Am întâlnit în viața mea foarte multe femei extrem de frumoase și perfect conștiente de darurile naturale primite de la Dumnezeu. Am întâlnit și femei frumoase care nu știau cât sunt de splendide. Și am întâlnit și femei frumoase care-și considerau frumusețea mai mult un blestem decât o binecuvântare.

Vă mai aduceți aminte de un film absolut incredibil, *Malena*? Dacă nu l-ați văzut încă, vi-l recomand cu mare drag, este excepțional.

Malena este acea femeie foarte frumoasă, dorită, invidiată, dar și hulită și renegată în același timp, dintr-un simplu motiv: este frumoasă. Este *prea* frumoasă. Iese din tiparele înguste ale comunității. Mai are și „ghinionul" de a fi puternică, răzvrătită, dorind să fie independentă, să se descurce singură într-o lume în declin, într-o lume a războiului și a umilințelor de tot felul la care este supusă femeia în general, iar ea în mod particular.

La finalul filmului, frumusețea Malenei se estompează, se topește sub loviturile pe care le primește de la soartă, cu ajutorul oamenilor. Și ea devine în sfârșit precum ceilalți: înfrântă, umilă, aliniată și aranjată în acele tipare în care nu fusese născută să trăiască, să existe.

Și tot la final, tu, om cu scaun la cap, înțelegi că frumusețea i-a adus Malenei numai deservicii, că i-a făcut viața un coșmar, că a îngenuncheat-o în loc să o înalțe. Și te întrebi iar: este frumusețea o binecuvântare sau un blestem greu de purtat de umerii unei femei?

Eu o să susțin în continuare că este o binecuvântare. Și știți de ce? Pentru că o situație precum cea a Malenei nu poate fi generalizată. Pentru că Malena este un caz izolat, o excepție de la regulă, pentru că femeile care au fost dăruite cu frumusețe și care au ajuns unde și-au dorit *și datorită* frumuseții lor sunt mai numeroase. Pentru că frumusețea fizică este o nevoie fără de care omul n-ar mai ști să meargă înainte cu același avânt. Fără de care lupta noastră pentru mai bine n-ar mai avea nicio miză și niciun câștig, indiferent dacă suntem femei sau bărbați.

Atenție, nu vorbesc despre perfecțiunea fizică în nicio frază, ci despre frumusețea acea fizică mult cântată de artiști – pictori, poeți, scriitori, muzicieni.

Frumusețea este o binecuvântare. Și ne-a fost dăruită cu iubire, din iubire. Absolut tuturor. Trebuie să prețuim ce ni s-a dat, trebuie să respectăm dragostea celestă care ne-a clădit frumoși. Și, mai ales, trebuie să păstrăm această comoară cât mai mult timp cu putință, să o îngrijim și să o admirăm. Să ne bucurăm de ea pentru totdeauna.

Frumusețea nu este fixată rigid în canoane, așa cum au încercat să o facă de-a lungul epocilor clasificările sociale. Frumusețea există în forme diverse și se exprimă diferit. Frumusețea nu este o cale artificială, ci se referă nu doar la armonia fizică, ci și la sensibilitate, profunzime, putere, libertate, compasiune, personalitate, stil, depășirea propiilor limite, încredere.

Din toate cele enumerate, luate ca întreg, mie-mi rezultă încă o dată că frumusețea e, cu siguranță, o binecuvântare.

Să o prețuim, așadar. Să ne bucurăm de ea. Să nu o abandonăm și să nu-i diminuăm importanța. Și, mai ales, să o facem să dureze pentru toată viața!

Frumusețea și personalitatea

Se spune că există o legătură strânsă între fizionomia și personalitatea umană. Fiecare particularitate a chipului uman corespunde aproape întotdeauna unui anumit tip de caracter, iar arta machiajului, de cele mai multe ori, pune în valoare calitățile psihologice ale unei persoane sau îi ascunde anumite carențe caracteriale care i se pot citi pe chip.

Să începem cu **forma feței:**

- *Rotundă* – denotă o personalitate senină, liniștită, care prinde ușor viață atunci când este vorba să filosofeze. Nu este un om leneș sau indolent, iar calitatea fundamentală a acestor persoane este bunul-simț. Judecă persoanele și faptele clar, nu critică nimic din principiu și sfaturile lor sunt adevărate comori pe care ar trebui să le păstrăm în suflet. Sunt oameni extrovertiți, joviali, optimiști prin definiție. Au spirit justițiar, se iubesc pe ei înșiși și sunt foarte buni intermediari pentru rezolvarea problemelor altora. Încrederea și optimismul sunt armele succesului lor în lume.
- *Pătrată* – aparține unor oameni duri, cam neciopliți în felul de a judeca situațiile și în comportament. Astfel de persoane sunt firi practice, decise, active, cu opinii ferme, dornice să se afirme, mereu în poziție de atac și destinate să atingă succesul. În această categorie intră intelectuali sau cei cu activitate de tip intelectual.

- *Triunghiulară* – aparține oamenilor care lucrează în special cu mintea, fiind rapizi în a lua decizii și a da piept cu orice fel de situații; câteodată șmecheri, dar în același timp, când vor, profunzi. Au un temperament melancolic, știu să atragă atenția asupra lor, chiar dacă pentru asta trebuie să plângă sau să tragă cu urechea.

Fruntea

- *Înaltă* – subiecți cu talente deosebite mai ales în teorie, cu practica stau cam prost. Subiectul e predispus la visare și speculații filosofice.
- *Joasă* – o personalitate fundamental practică, raționând adesea în termeni preciși, cum sunt „a da“ sau „a avea“.
- *Amplă* – dacă fruntea este în același timp largă și înaltă, avem de-a face cu oameni predispuși la analize, sinteze, deducții. Un amestec ciudat de idealist cu persoană practică.
- *Îngustă* – oameni care au un scop precis, au idei bune, dar greu cad de acord cu ceilalți. Un fel de Gică Contra.
- *Alungită*, ca un ou – oameni neliniștiți, rebeli, atrași mereu de necunoscut, cam superficiali, se supraevaluează.
- *Proeminentă* – persoanele cu frunte înaltă și bombată au tendințe melancolice, sunt fini observatori și reușesc să obțină avantaje de pe urma slăbiciunilor altora, pe care le ghicesc ușor. Au multe idei, dar sunt ușor confuze și au gusturi cam decadente.

Nasul

- *Proeminent* – persoană cu un caracter energic, dinamic, întreprinzător; îi e dificil să renunțe la propriile idei.

- *Proeminent cu vârf îngust* – are un caracter intuitiv, curios, cu spirit de inițiativă; oameni ce recurg la planuri complicate și intrigi pentru a-și atinge scopul.
- *Proeminent, îngust, cu vârful în jos* – oameni reci, melancolici și pesimiști, neîncrezători, zgârciți până și cu sentimentele.
- *Lat* – om cu o personalitate puternică, dinamică, cu o mare sete de afirmare, cu un spirit plin de inițiativă și curaj.
- *Foarte puțin proeminent* – persoană cu inteligență medie, leneșă atât din punct de vedere fizic, cât și mental.
- *Nări largi* – persoană extrovertită, dinamică, senzuală, curioasă. Dacă nările sunt foarte largi, aceasta indică o moralitate îndoielnică, prea puțină sensibilitate și diplomație.
- *Nări înguste* – om cu înclinații intelectuale, melancolic și depresiv.

Ochii

- *Mari* – persoană inteligentă, cu un fizic puternic, cu o dinamică mentală excelentă. Când pleoapa superioară e puțin căzută, știe că fascinează și nu-și ascunde nici marea încărcătură erotică.
- *Mici* – agerime intelectuală, are darul observației, curiozitate, în anumite cazuri e superficial, incapabil de concentrare pe termen lung. Dacă are pleoapa de sus căzută puțin, este neîncrezător, introvertit, egoist, avar și câteodată de-a dreptul crud.
- *Rotunzi* – om autoritar și coleric.
- *Migdală rotunjită* – neliniștit, capricios, uneori cu acces de generozitate și cu treceri bruște de la melancolie la entuziasm. Dacă migdala se alungește spre tâmple,

are o personalitate intrigantă. Este abulic, infidel și se bazează mult pe forța sa sexuală.

- *Mici și vii* – ironie mușcătoare, un pic crud, își bate joc de alții cu seninătate.

Buzele

- *Groase* – denotă senzualitate și lăcomie.
- *Subțiri* – conferă un aer îmbătrânit, răutăcios.
- *Colțuri căzute* – dau un aer disprețuitor și trist.

Iată, în linii mari, cum putem ști dinainte în fața cărui tip de caracter ne găsim și ce ar fi bine să scoatem în evidență prin machiaj sau să ascundem – la noi sau la ceilalți. Cu puțin exercițiu, vom ști instantaneu cu ce fel de om avem de-a face. Observațiile de mai sus sunt valabile atât la femei, cât și la bărbați, însă, așa cum spuneam, ne putem forma o imagine a caracterului persoanei doar în ansamblu, descrierile de mai sus nefiind neapărat literă de lege.

În Evul Mediu, se obișnuia ca oamenii să fie clasificați după asemănarea lor cu un anumit animal, atribuindu-li-se și temperamentul lui; astfel, o persoană cu fața triunghiulară, ca a unei vulpi, era considerată vicleană, iar cea cu nas acvilin era cu siguranță mândră.

Nu am scris nimic despre sprâncene pentru că, în ziua de azi, sprâncenele femeilor (dar, adesea, și ale bărbaților!) sunt în general stilizate, iar forma gurii, la femei, se poate transforma foarte ușor prin machiaj.

Însă, în general, vom constata că, de cele mai multe ori, într-o singură persoană se vor găsi, combinate mai mult sau mai puțin fericit, două, trei sau chiar patru tipologii.

V-ați identificat?

Frumusețea în societatea modernă

Am citit recent o carte, devenită bestseller, care se numește în traducere *Mitul despre frumusețe – Cum este folosită imaginea frumuseții împotriva femeii**. Cartea este plină de lucruri extrem de interesante și importante, dar, deja din titlu, autoarea Naomi Wolf creează o controversă socială: societatea modernă se folosește de femei, apasă la maximum pedala perfecțiunii fizice pentru a îngenunchea încă o dată femeia.

Sigur că frumusețea, această „armă letală“, cum o numește autoarea, este îmbrăcată în aur și diamante și parfumată cu smirnă, adică societatea folosește vorbe meșteșugite când este vorba despre femei – ridică în slăvi stima de sine, le impulsionează cu mottouri despre conștientizarea propriei valori, le revarsă în cale tomuri întregi despre dezvoltarea personală, îndreptând femeia modernă către o cale aprioric indusă: către consumerism. Respectiv către muncă. Și ascunzându-i, de fapt, adevărul: acela că mitul perfecțiunii fizice și al frumuseții nu face decât să subjuge femeia modernă, să-i otrăvească libertatea cu modele de frumusețe ce-i pot declanșa obsesii fizice, de la teroarea îmbătrânirii până la pierderea controlului asupra realităților cu care a dăruit-o natura.

---

* Naomi Wolf, *The Beauty Myth: How Images of Beauty Are Used Against Women*, Harper Perennial, 2002.

Naomi Wolf dă și exemple de reclame făcute să direcționeze cumpărătoarele pe drumul dorit de producători: „Ești prea bătrână? Produsul nostru te ajută să fii tânără din nou!“ Sau „Soțul tău s-ar mai căsători azi cu tine? Da, pentru că ai fi la fel de frumoasă cu ajutorul nostru“ ori „Folosesc cel mai scump produs din lume pentru că am valoare“.

Iată că perfecționismul pe care-l dorește societatea modernă de la femeia zilelor noastre îmbracă multe forme, spune autoarea cărții *Mitul despre frumusețe*, vizibil feministă înfocată, explicând că în spatele tuturor acestor direcții subtil sugerate femeilor s-ar afla mereu bărbații, care au găsit o altă modalitate, modernă și sigură, de a înlănțui și conduce pe un anumit drum sexul slab. Reclamele agresive, modelele impuse de femei cunoscute, respectate și ascultate, numărul de kilograme, dimensiunea și forma sânilor, a gurii sau culoarea părului – toate sunt modele forțate, iar femeile par a fi dirijate din umbră, chiar și astăzi, în societatea în care trăim. Cel puțin așa ne spune autoarea americană de succes.

Nu voi încerca să o combat, după cum nu voi încerca nici să-i dau dreptate. Vă las pe voi să decideți unde s-a așezat adevărul, de care parte a baricadei este, dacă nu cumva ar putea fi chiar pe la mijloc.

Eu cred că trebuie să ne punem în acord cu ceea ce avem, trebuie să ne construim un cadru armonios în care să ne simțim împlinite real, nu artificial. Nu trebuie să facem un titlu de glorie personală din frumusețea fizică, dar asta nu înseamnă că ne putem lipsi de ea sau că trebuie să o renegăm. Iar frumusețea nu trebuie să devină un scop în sine și nici un mijloc pentru realizări personale mai puțin ortodoxe.

Frumusețea, în schimb, trebuie să ne fie armonie și să desăvârșească într-o potrivire perfectă toate elementele acelui întreg pe care-l reprezintă fiecare dintre noi.

Să discernem cu mintea noastră ceea ce e bine și ceea ce e mai puțin bine în societatea în care trăim, să nu ne aliniem haotic, ca o amorfă masă de manevră, fără personalitate, în mâinile unor modele impuse de nu se știe cine, păpușar iscusit de altfel.

Să fim în continuare mândre de noi și de darurile cu care am fost înzestrate de Dumnezeu, să avem grijă de sănătatea noastră, să nu cădem în mirajul perfecționismului, lucru cu siguranță discutabil.

Să evităm să transformăm frumusețea ce ne-a fost dată într-o obsesie modernă, centrată pe corpul „ideal" – pentru cine?! –, cu dimensiunile standard 90 – 60 – 90, și pe tinerețea eternă, să nu cădem în păcatul emancipării feminine disperate și ale unor standarde imposibil de atins.

Noi, femeile, merităm să facem ceea ce dorim cu corpul nostru, iubindu-l și respectându-l, fără să acceptăm vreodată să fim pedepsite de ideologii, presiuni economice sau prejudecățile celorlalți. Și fără frica de a fi expuse social la panoul „Așa nu".

Ar fi ideal ca frumusețea să prindă în mănunchiul ei înțelepciunea, toleranța, bunăvoința, iertarea, compasiunea, bunătatea sufletească, implicarea socială.

Și nu trebuie să omitem niciodată că frumusețea trebuie să fie în slujba noastră, iar noi să avem în același timp inteligența de a nu ajunge niciodată sclavele ei – din niciun fel de motiv, cu atât mai puțin din rațiuni ce țin de presiunile sociale.

Totul pleacă de la noi. Fiindcă, în fond, societatea suntem noi.

Frumusețea spirituală

Toate instrumentele cu care operează un make-up artist, de la talent, pensule, farduri, glossuri, pudre, creme fluide, sfaturi profesioniste pentru un ten strălucitor și până la dezvoltarea personală, sunt interdependente și nu pot funcționa fără o formă de legătură fermă între ele. Așa cum nu putem desprinde frumusețea exterioară de cea interioară, după cum știți deja. Nu putem să o detașăm de compasiune, blândețe, bunătate sufletească, grijă, altruism, iubire, bucurie, împlinire.

În această meserie m-am lovit de nenumărate ori de lucruri care țineau strict de mine, de Anca aceea de dincolo de orice aparențe, de dincolo de latura mea profesională. De sentimentele mele, de senzațiile mele, de impresiile mele, de trăirile mele interioare.

A trebuit să mă adaptez și să satisfac toate pretențiile clienților mei, ei aparținând, evident, diferitelor tipuri umane – și, când mă refer la asta, nu mă gândesc doar la morfologia feței ori la calitatea sau nuanța pielii, ci și la caracterul fiecărui om în parte.

Sigur că nu a fost deloc simplu. Dar mi-a plăcut enorm, m-am cunoscut pe mine însămi, m-am îmbunătățit și îmbogățit spiritual și personal și apoi totul a venit de la sine – acest tot culminând implicit cu recunoașterea personalității celui pe care-l aveam în față, descoperindu-mi în plus abilitățile de a repera cărui tipar îi aparține omul pe care-l întâlneam. De aici, comunicarea a devenit normală, conversațiile au curs lin indiferent dacă erau profesionale sau intrau ușor în sfera personală – totul doar pentru că am știut exact cum să-l abordez pe omul pe care-l aveam în față.

Nu a fost ușor, pentru că am interacționat de-a lungul carierei mele tot felul de oameni: mirese stresate și extrem de stresante, adevărate *bridezilla* (pentru cine nu știe, e un termen compus din cuvintele *bride,* „mireasă", și Godzilla), doamne sau domnișoare care doreau machiaje dezavantajoase pentru ele doar pentru a nu ieși dintr-o anumită zonă de confort, în care se înțepeniseră din necunoaștere. Și așa mai departe. Însă, grație lucrurilor pe care le-am învățat despre mine și, implicit, despre ceilalți, am reușit de fiecare dată să ajung, cu fiecare om întâlnit, într-un punct câștigător – o cale de mijloc din care să îmi pot ajuta clientele cu machiajul optim pentru fizionomia lor și pentru evenimentul la care participau, fără să le impun cu forța punctul meu de vedere. Se poate! Iar pentru un om de succes, este esențial.

De aceea, vă rog să încercați să înțelegeți conceptul de dezvoltare personală la adevărata lui valoare: descoperiți-vă și sporiți-vă toate atuurile, aflați cine și ce sunteți și nu uitați niciodată: succesul se învață, iar cel personal îl influențează pozitiv pe cel profesional.

Până la urmă, descoperirea de sine poate fi răspunsul la toate întrebările noastre. Iar introspecția, descoperirea a ceea ce este ascuns în noi, și aplecarea spre spiritualitate ne vor ajuta să vedem și în inima celor pe care-i avem lângă noi, oameni apropiați sau simple cunoștințe. Ori, pur și simplu, străini aflați întâmplător în preajma noastră și pe care ni i-am putea preschimba în prieteni dacă am reuși să le descoperim la timp frumusețea ascunsă în inimă.

Frumusețea fizică, legată indestructibil de materie, se transformă și apoi se pierde. E o frumusețe falsă, s-ar zice, pentru că, privită în timp, se schimbă într-o iluzie. Una ce pare a fi eternă și suficientă sieși, însă doar o minciună la final. Pentru că dispare.

Dar există și frumusețea morală și spirituală, cea născută din Lumină Divină și armonie universală, așa cum frumoase sunt toate femeile sfinte ale *Bibliei*. Iar femeile lumii sunt frumoase și la trup, nu numai în spirit, după cum citim mereu în *Cântarea Cântărilor*, în descrierea atât de plină de grație a mirilor. Și-atunci înțelegem că frumusețea trupului nu a fost disprețuită niciodată, chiar dacă e doar o creație materială. Este și ea una sfântă, nu a fost anulată de simțuri, nu e decăzută la a fi doar un instrument de seducție.

Așadar, frumusețea, în toate formele ei, a fost adunată la un loc și dăruită omului, iar Dumnezeu a creat desăvârșirea.

Nu voi putea niciodată să separ frumusețea fizică de cea spirituală, iar pentru mine, oamenii cu adevărat frumoși sunt cei atinși de grația divină – iradiind bunătate, viață, iertare, surâs, speranță, compasiune, grijă pentru aproape, lumină.

Aceasta este Frumusețea Eternă. Divină. Spiritualitatea și frumusețea, mână în mână. Iar pruncul lor este Puterea. Aceea de a fi ceea ce ne-a fost scris să fim – creația perfectă, liberă, unică.

P

Frumusețea mai presus de sănătate?

Frumusețe naturală sau aspect artificial?

Iată că am ajuns și la un subiect pe cât de la modă, pe atât de sensibil: frumusețea ajustată prin metode chirurgicale.

Este frumusețea un factor atât de indispensabil fericirii noastre – și implicit societății –, încât să ne-o dorim cu orice preț? Aceasta tinde să devină întrebarea...

Adevărul este că, în societatea modernă, mentalitatea referitoare la acest subiect s-a schimbat notabil, însă ar fi o adevărată dilemă să socotim dacă în bine sau în rău.

Dificultatea vine din faptul că multe femei și mulți bărbați declară că frumusețea, chiar artificială și contrafăcută, îi ajută enorm, făcându-i să apară în ochii celorlalți ca persoane mai frumoase, mai bune, mai competitive. Așa că în ultimii ani, mai ales din aceste motive, a crescut aproape incontrolabil fenomenul chirurgiei plastice – și aici nu discutăm despre chirurgia reparatorie, care se ocupă cu recuperarea părților din trup ce au suferit leziuni accidentale sau cu defecte genetice, ci doar despre aceea ce ne remodelează anumite zone corporale a căror frumusețe nu ne satisface. Iar avântul pe care l-a luat această ramură a medicinii se datorează cu siguranță și publicității agresive ce se practică pe toate canalele media – televiziune, reviste, internet –, în care apar vedete, sportivi, persoane publice ce sunt pro-operații invazive – ori s-au supus unor astfel de intervenții – și care au devenit modele considerate demne de urmat de către oamenii obișnuiți.

Ceea ce se știe mai puțin este că anumite forme de operații chirurgicale estetice datează încă din anii 2000 î.H. și au fost efectuate prima oară în India – de exemplu, reconstrucția nasului. Iar metoda utilizată atunci este folosită de chirurgii esteticieni până în ziua de azi. Deci, încă o dată, nimic nou sub soare: medicina modernă nu a inventat această tehnică, doar a preluat-o și a îmbunătățit-o.

Nu voi face apologia importanței frumuseții în epoca în care trăim, pentru că frumusețea a fost slăvită, dorită și căutată în toate timpurile umanității – să nu uităm sculpturile din Grecia și Roma antice, toate cu proporții ideale. Dar, cu siguranță, pe atunci nu toată lumea își punea problema să meargă la chirurg pentru a ajusta ceea ce nu era foarte plăcut la propria persoană.

E posibil ca azi, cum totul este exacerbat și trăim în anii în care cornul abundenței pare a se fi răsturnat în capul oamenilor năuciți de avalanșa de posibilități oferite de societatea de consum, să nu mai reușim să discernem corect și să înțelegem că prea binele uneori devine dușmanul binelui.

Și încă o vină a societății moderne ar fi aceea că a evoluat în sens negativ, punând mai mult preț pe aparențe. Omul simplu traduce mesajul cam așa: trebuie să fac tot ce-mi stă în putință pentru a-mi îmbunătăți aspectul fizic, nu neapărat pentru sănătatea mea, ci pentru că cine sunt eu cu adevărat, laolaltă cu toate darurile ce mi-au fost date și se află în mine, nu interesează pe nimeni. Și voi fi judecat sau respins numai pentru că arăt diferit și nu mă încadrez în șabloanele impuse.

Cu siguranță că, în linii majore, valorile ce contează în viață nu s-au modificat structural de-a lungul vremii, chiar dacă percepția umană e un pic diferită.

Iar eu nu sunt împotriva chirurgiei estetice, ba chiar urmăresc cu interes și aplaud fiecare cucerire medicală, semn pozitiv al evoluției noastre. Dar sunt total împotriva uniformizării noastre ca rasă – nu toți trebuie să arătăm la fel, nu toată lumea trebuie croită după un anume tipar. Suntem diferiți și așa și trebuie să fim, pentru că natura nu greșește, ci doar se exprimă în mai multe moduri.

Și mai sunt împotriva exceselor, de orice natură ar fi ele. Mai ales când acestea ne pun în pericol sănătatea și viața. Cum scriam mai sus, de foarte multe ori mai binele este dușmanul binelui.

Așadar, frumusețea la braț cu intervențiile chirurgicale estetice a devenit o sărbătoare a vanității sau o dorință legitimă de a câștiga o bunăstare psihofizică?

Răspundeți-vă singure. Însă nu uitați niciodată: grija pentru sănătate va trebui așezată înaintea oricărei mode, a oricărui vis de prefacere fizică.

Frumusețea artei machiajului

M-am avântat în deschiderea unei școli de machiaj când în România abia se pornea pe această cale grea, complexă și nespus de frumoasă. Erau vremuri când nu prea existau școli de machiaj, așa că nici nu se ofereau diplome pe bandă rulantă, iar atestările Ministerului Educației erau extrem de rare și de prețioase.

A fost un drum frumos. Un drum pe care mi l-am dorit, pe care l-am visat și pe care l-am construit pas cu pas, încet, după ani de zile de experiență acumulată, după ani de muncă în televiziune, după ani de studii importante și cursuri de excelență absolvite atât în țară, cât și în străinătate. Nu am terminat un curs de machiaj și m-am trezit peste noapte formator sau make-up artist. Am plecat în practicarea acestei meserii, cum se spune, de jos, executând machiaje aproape pe bandă rulantă când lucram în industria divertismentului TV sau la știri și aveam de machiat zeci de capete, femei și bărbați, zi de zi.

Iar când am reușit să-mi împlinesc visul, Școala de machiaj „Anca Rădulescu" nu a separat niciodată make-upul de artă, pentru că sunt mult prea strâns legate între ele. Am înțeles imediat, ca în oricare altă meserie în care stăpână absolută este frumusețea, că machiajul este, peste toate, o profesie în care talentul călătorește de mână cu dragostea de culoare și cu bucuria de a crea opere, efemere ce-i drept, dar atât de frumoase, că pot schimba în bine viața celor din jur.

În timp, cine a dorit să facă din machiaj o poveste de succes, a deprins la școala mea de make-up un meșteșug cu ajutorul căruia poate trăi înconjurat de frumusețe și armonie, o artă împreună cu care și-a putut așterne în cale lumină și culoare pe un drum profesional lin, pavat cu șanse, împliniri și lipsit de rutina atât de sâcâitoare din oricare alt domeniu de activitate. Iar aceia care și-au imaginat despre ei că pot performa ca oameni, atingând cea mai bună formă a lor, la Școala de make-up „Anca Rădulescu" au învățat să-și pună în valoare toate darurile naturale, zi de zi, și să transforme fiecare clipă în bucurie. Pentru că nimic nu se compară cu încrederea în tine atunci când știi că ești frumoasă și arăți extraordinar, nimic nu se compară cu frumusețea unui chip bine pus în valoare chiar de mâinile tale.

Împreună cu mine, la Școala de machiaj „Anca Rădulescu", multe femei, dar și destui bărbați și-au schimbat viața – și nu numai din punct de vedere profesional. Sunt mândră! Au trecut prin mâinile mele peste 600 de cursanți în toți anii care au trecut. Au învățat de la mine despre posibilitățile infinite existente în machiaj, iar mulți dintre ei excelează azi într-un domeniu minunat, așa cum este acesta, au ajuns în locuri în care nu s-au gândit că vor ajunge, lângă oameni pe care doar au sperat să-i poată cunoaște.

Așadar, sunt încă aici, nu mă opresc. Merg înainte și voi lucra în continuare cu aceeași pasiune și bucurie în slujba frumuseții, pentru acestă artă ce nu are limite și nici bariere. Cu oameni și pentru oameni. Pentru că merităm să știm cât mai multe despre noi, merităm să descoperim cum arată cea mai bună formă a noastră, merităm să trăim înconjurați de lumină, culoare și încredere în propria persoană.

Frumusețea chipului feminin ca întreg

Invitat: hair stylistul Răzvan Dobrescu

Hair stylistul Răzvan Dobrescu este omul pe mâna căruia îmi las podoaba capilară de mai bine de 15 ani. Pe lângă aceasta, de-a lungul timpului am colaborat profesional de nenumărate ori, la evenimentele unde eu am fost make-up artist, iar el – hair dresser. Pentru că, orice-aș face, orice machiaj-minune aș inventa, dacă femeia pe care o am în față nu se bucură și de o stilizare perfectă a părului, munca mea alunecă în derizoriu, iar șansa ca efectul unui make-up reușit să uimească scade cu mai mult de 60%.

Pot spune deja că pe Răzvan l-am ales pe viață, mai ales pentru talentul și pentru coerența sa personală și profesională. Foarte multe femei frumoase, persoane publice și nu numai, au trecut pragul salonului său de coafură. Pentru că, așa cum veți citi mai jos în rândurile sale emoționante, Răzvan iubește femeia, o admiră și, grație talentului și dedicației sale, o ajută să-și atingă cea mai bună variantă, exact așa cum își dorește un adevărat profesionist din industria de frumusețe.

Vă las în compania sugestiilor și opiniilor scrise de hair stylistul Răzvan Dobrescu, specialistul alături de care orice make-up artist își simte munca pusă în valoare.

Prietena mea Anca Rădulescu este un om sensibil, un om al detaliilor (defect profesional) şi am primit ca pe o provocare rugămintea de a scrie acest text pentru cartea ei, mai ales că eu sunt un om căruia îi place să-şi lase profesia să vorbească în locul cuvintelor; nu sunt un om de litere, dar, pentru că am acum această ocazie de a ajunge şi prin scris la inimile dumneavoastră, consider că e un bun moment să spun şi public: pentru mine, Anca este o sursă de inspiraţie. Puterea de care a dat dovadă de-a lungul timpului m-a făcut să-mi văd propria viaţă din altă perspectivă, m-a învăţat să fiu mai bun, să pot continua şi persevera în munca mea.

Aşadar, să vorbesc despre o femeie frumoasă şi puternică... Hmm, ăsta e un subiect cât se poate de incitant şi care îmi provoacă imaginaţia, mai ales că, graţie meseriei mele, am atât de multe experienţe legate de frumuseţe. Prin urmare, încerc şi sper să îmi şi reuşească.

Femeia... Un cuvânt care cuprinde atâtea sensuri complexe în peisajul vieţii noastre cotidiene. Pentru mine, ca hair stylist, femeia reprezintă obiectul muncii mele – ba chiar pot spune că este sensul vieţii mele. După ani şi ani în care am lucrat cu femei şi alături de femei, adăugând şi experienţa de soţ şi tată a două fete, pot spune sincer că văd frumuseţea în orice femeie – pentru că există femei care se bucură de frumuseţe fizică, altele te cuceresc prin frumuseţea interioară şi, da, există şi acele femei ale zilelor noastre, femeile frumoase şi puternice, femeile care ştiu să se afirme şi pe care le admirăm pentru îndrăzneala şi succesele lor, frumoase din toate punctele de vedere, interior şi exterior.

Iar eu, în meseria mea, mă simt deseori ca un bijutier. Pentru că, aşa cum artistul bijutier şlefuieşte o piatră preţioasă şi-i dă strălucire, tot aşa şi noi, stiliştii, prelucrăm frumuseţea umană.

Să faci din stilizarea părului o artă reprezintă o provocare, pentru că părul femeii este o podoabă. Ştiu, un clişeu, dar este cât se poate de grăitor. Iar eu, când simt în mâinile mele părul unei femei, îmi dau seama câte posibilităţi am pentru a conferi strălucire unei fizionomii: pot accentua unele trăsături şi masca altele, pot schimba culoarea, tunsoarea – într-un cuvânt, pot reinventa femeia, e o magie. Deseori clientele mele se redescoperă când îşi schimbă nuanța părului sau pieptănătura, iar atunci când se privesc în oglindă, eu văd în ochii lor bucuria și încrederea și cum personalitatea lor parcă prinde aripi. Evident, magia asta ne aduce încântare tuturor, inclusiv mie, profesionistul. Am trăit-o de mii de ori şi nu mă mai satur să o trăiesc. Iar dacă am alături și un make-up artist incredibil de bun, deja rezultatele sunt uimitoare.

Calea de a obţine magia este însă lungă şi are provocările ei. Atunci când o privesc pe femeia aşezată pe scaun care își dorește o schimbare, dar de multe ori e indecisă sau neîncrezătoare, înainte de orice o provoc la vorbă. Ne împrietenim. Studiem calitatea firului de păr, modul şi sensul lui de creştere, culoarea lui. Toate sunt elemente importante de care orice femeie trebuie să fie conştientă, altfel îşi poate dori rezultate imposibile. Trecem apoi la fizionomie: forma feței, forma sprâncenelor, forma ochilor, înălţimea gâtului, culoarea tenului, a ochilor. Fiecare element contează fiindcă frumuseţea unei femei este rezultatul unui complex de factori, începând cu atitudinea pe care o are, modul în care se îmbracă şi, foarte important, părerea pe care o are despre sine.

Eu, ca om, dar și ca specialist, mă uit la ochii unei persoane pentru că, în opinia mea, sunt lucrul cel mai important; ei îmi dau multe informaţii care îmi sunt necesare pentru a ști cu exactitate ce fel de femeie am în față și cum aș putea, ca hair stylist, să-i îmbunătățesc aspectul.

Dacă privim frumuseţea ca pe un puzzle, părul este o piesă în acest joc al frumuseţii. Una aparent mică, dar extrem de importantă, pentru că părul este un atu major al seducţiei, iar fiecare femeie doreşte să aibă o coafură perfecă, o linie şi o culoare care să-i avantajeze caracterul şi stilul personal. Un fir de păr sănătos, puternic, strălucitor şi plin de vitalitate (nu, nu este o replică dintr-o reclamă TV la şampon!) este dorinţa oricărei femei. Pentru că fiecare doamnă sau domnişoară se află într-o permanentă căutare a frumuseţii, iar părul este un mesager care vorbeşte despre ea câtă vreme e pus în evidenţă. Un păr sănătos, îngrijit, plin de viaţă şi o coafură care avantajează fizionomia şi se potriveşte felului de a fi al femeii – iată frumuseţea şi puterea la un loc.

Atunci când aleg o culoare sau o tunsoare, mai întâi de toate fac un diagnostic al părului şi, aşa cum spuneam, stau de vorbă pe îndelete cu clienta mea. În timp, am ajuns la concluzia că o astfel de discuţie poate reprezenta 50% din munca mea. Trebuie să cunosc foarte multe detalii despre persoana pe care o am în faţă: profesie, felul în care se îmbracă, tabieturi, cum îşi spală părul, cum îl îngrijeşte, cum obişnuieşte să-l poarte – orice informaţie contează. E nevoie să creăm o relaţie bazată pe încredere reciprocă. Uneori femeile îşi doresc lucruri care le pot dezavantaja, alteori nu au destul curaj şi doar dacă vor avea încredere în mine vor accepta recomandările mele, chiar dacă sunt diferite de ale lor. De aceea relaţia dintre noi este foarte importantă.

În opinia mea, forţa unei femei constă mai ales în gradul de încredere în sine pe care îl are. Există multe femei puternice, dar, din păcate, foarte puţine sunt conştiente de acest har. Însă când ai încredere în tine, când te cunoşti şi te accepţi, totul este diferit: mersul, gesturile, felul în care comunici şi relaţionezi, alegerile pe care le faci, felul în care primeşti provocările vieţii.

Pentru mine, femeia puternică este o femeie care se simte fericită, împlinită, frumoasă. Iar dacă e conştientă de aceste atuuri, puterea ei nu are limite! Frumuseţea şi puterea sunt două calităţi pe care eu le văd legate una de cealaltă. Orice femeie puternică este frumoasă şi orice femeie frumoasă este puternică. De fapt, vorbim despre unul şi acelaşi lucru: să ai încredere în tine, în calităţile tale umane, fizice, profesionale, să te iubeşti şi să te apreciezi. Eu nu cred că puterea şi frumusețea pot exista una fără cealaltă, poate doar în cazul unor experiențe de viață nefericite. În plus, trăim vremuri în care ne putem îmbunătăți atât frumusețea, cât și încrederea în sine, depinde de resursele noastre, de educație, de ceea ce ne dorim în viață. Se spune deseori că puterea și frumusețea unei femei reprezintă o combinație fatală... Aviz nouă, bărbaților! Eu am deja una acasă, soția mea, și două în devenire, fiicele mele, deci știu exact ce spun!

Prin natura profesiei mele, am văzut multe femei puternice și frumoase. Un exemplu este femeia care lucrează într-o corporație: o combinație de stil clasic cu diverse doze de modernitate, dar păstrându-se în zona de confort. Alt exemplu e femeia antreprenor care își alege lookul în funcție de domeniul său de activitate – dacă stă mai mult la birou sau are întâlniri ori e implicată direct într-o afacere de producție. Am fost surprins în cei 25 de ani de profesie să întâlnesc o multitudine de tipologii feminine și, evident, întotdeauna există excepții: nu toate doresc să-și asorteze lookul cu profesia sau stilul de viață – o clientă care lucra într-o corporație și-a dorit o culoare excentrică (un roșu foarte puternic). Am fost uimit de cererea ei, știind ce fel de profesie are, dar după două luni de la schimbare am constatat și la ea o modificare majoră de comportament. Persoana în cauză a devenit mult mai sigură pe ea, mersul îi era mai apăsat, postura era mai dreaptă, ținuta era alta, totul era schimbat de parcă, brusc, m-aș fi trezit față-n față cu o nouă persoană.

Da, puterea și frumusețea merg mână în mână și un nou look poate schimba în bine viața unei femei – dar numai în condițiile în care este asumat.

În vremurile pe care le trăim, multe femei, poate în căutare de sine sau de putere, apelează la diverse formule de îmbunătățire a frumuseții. Este alegerea lor, nu am nimic împotriva acestor metode, dar, cu riscul de a fi considerat demodat, eu mă declar adeptul frumuseții naturale. De multe ori se întâmplă – și recunosc sincer că nu-mi este ușor – să lucrez cu astfel de „frumuseţi îmbunătăţite". Cum spuneam, este opţiunea fiecăruia să facă ce doreşte. Dar, în profesia mea, cea mai bună prietenă pe care o am este oglinda. În timp ce lucrez, studiez faţa clientului care îţi spune prin mimică dacă ceea ce faci este bine primit sau nu. Însă... știi cum te simți când nu vezi mişcându-se niciun muşchi pe faţa femeii de pe scaun, atunci când pe chipul ei nu poţi citi nimic? Este un coşmar pentru un make-up artist sau un hair dresser să lucreze cu astfel de persoane şi, din păcate, numărul lor este în creştere. Aşadar, cred că am spus tot despre prefaceri și naturalețe...

Nu uitați, doamnelor, frumuseţea primită de la părinţi este cea mai... frumoasă! Nu sunt ipocrit, mai ales că am o meserie care tocmai de îmbunătăţirea frumuseţii se ocupă, dar sunt adeptul formulelor simple şi sănătoase. Şi, slavă Domnului!, există destule.

Din observaţiile mele culese în timp, odată cu vârsta, orice femeie devine mai sofisticată, mai sigură pe ea, mai conştientă de calităţile sale şi, după pragul de 40 de ani, poate deveni un simbol al puterii şi frumuseţii. Se spune că, odată cu înaintarea în vârstă, culoarea părului se deschide, iar lungimea părului scade – nu de la sine, ci cu ajutorul unui hair stylist. Este o recomandare generală, iar în jurul nostru vedem că tunsorile scurte sunt purtate de femei dinamice, volubile, puternice. Aşa este, o culoare deschisă a părului are un impact vizual fantastic, cei mai mulţi bărbaţi vor întoarce capul după o blondă, pentru că *blond is more fun*!

Tot din experiență, am constatat că femeile care depăşesc pragul de 50 de ani au tendinţa de a respinge noul. Argumentele sunt „La vârsta mea nu pot să mă tund aşa" sau „Nu pot purta culoarea asta". Dacă am ce am cu îmbunătăţirile chirurgicale ale frumuseţii, de această dată nu mai sunt de acord: viaţa merge mai departe, viaţa e frumoasă la orice vârstă şi, oricâți ani am avea, frumuseţea nu dispare niciodată. E nevoie doar de puţină îndrăzneală şi de o mână bună.

Pe de altă parte, în mâna unui hair stylist talentat, femeia devine cameleonică. Întotdeauna te poţi juca cu lungimea şi forma tunsorii astfel încât să poţi schimba fizionomia. Metamorfoza le este benefică mai ales persoanelor care trec de 40 de ani – are un impact fantastic asupra înfăţişării lor. Efectul se simte nu doar la nivel de imagine, ci în tot: femeia se poate redescoperi pe sine, se poate transforma, îşi poate descoperi noi resurse şi calităţi de care nu era conştientă. Iar eu mă bucur ori de câte ori pot contribui la astfel de situaţii, de aceea sunt de părere că femeile trebuie să-şi reinventeze mereu stilul.

În încheiere, vă doresc succes, doamnelor şi domnişoarelor! Nu uitaţi să fiţi mereu frumoase, să vă îngrijiţi de ceea ce v-a fost dăruit şi să înţelegeţi că nu există femei urâte, ci doar femei prea puţin îngrijite sau cu stimă de sine scăzută.

Şi, nu în ultimul rând, îţi mulţumesc, Anca, pentru lecţiile de viaţă pe care le-am primit de la tine şi îţi doresc succes maxim în toate: un make-up artist şi un hair stylist pot face minuni împreună dacă-şi unesc forţele!

Răzvan Dobrescu

Mihaela Rădulescu Schwartzenberg

Este poate cel mai complex subiect despre care am ales să scriu în cartea mea. Pentru că nu este despre o idee, un machiaj sau ceva abstract, ci despre un om. O femeie. În plus, una cunoscută de toată lumea: admirată, iubită și – cum ar putea să fie altfel când vorbim despre o persoană publică? – contestată.

Sunt make-up artistul Mihaelei dintotdeauna, cum ne place nouă să spunem, deși nu-i chiar așa. Colaborăm de mulți ani, dar nu se mai lasă pe mâna altcuiva cam de aproximativ 10 ani. Eu o machiez pentru toate evenimentele din viața ei profesională – fie că sunt emisiuni de televiziune, apariții publice, ședințe foto sau prezentări de produs. Și tot eu, de cele mai multe ori, o consiliez când este vorba despre îngrijirea tenului. Pentru că am și pregătire de estetician, cum v-am mai spus.

Numai că, la începuturile mele profesionale, lucrurile stăteau un pic... invers. Mihaela mă învăța pe mine. Multe. Și mărunte. Și pentru asta îi sunt recunoscătoare. De fapt, cred că ar fi trebuit să încep direct cu asta: cu declarația mea de recunoștință pentru ea, pentru tot ce a făcut pentru mine de-a lungul vieții pe care am petrecut-o alături – mai întâi ca membre ale aceleiași familii, abia mai apoi ca profesioniste cu meserii complementare.

Mihaela a fost martora întregului meu parcurs profesional, de la începuturi și până azi. Și va fi până la sfârșitul carierei mele, când, sper eu, mă voi retrage într-o căsuță mică și rustică, suspendată deasupra unei mări albastre precum cerul. Ori la malul aceleiași mări, nu m-ar deranja nici așa.

Am declarat în nenumărate rânduri, atât eu, cât și Mihaela, că relația de familie nu ne-ar fi luat-o nimeni, dar colaborarea profesională ar fi fost imposibilă dacă nu am fi rezonat. Pentru că au fost destule voci care au murmurat răutăcios că, deh, lucrăm împreună fiindcă suntem cumnate. Sigur că da, suntem, sunt soția fratelui ei, a singurului ei frate, și mama singurei sale nepoate. Și vom fi întotdeauna o familie, orice-ar fi. Dar oamenii trebuie să înțeleagă rigorile unei meserii de prim-plan, așa cum este cea a Mihaelei, și că niciodată, indiferent de relația noastră de familie, lucrurile nu pot și nu trebuie amestecate.

Mihaela este un om care trăiește din imaginea sa, iar dacă lucrurile nu sunt impecabile din acest punct de vedere, nu e deloc bine, înțelegeți ce vreau să spun. Și-atunci, make-up artistul este foarte important. Este esențial deoarece chipul vedetei se află în mâna lui.

Poate că introducerea mea a fost destul de lungă, dar țineam neapărat să subliniez încă o dată că o relație de familie nu poate ridica un artist, fie el și în arta machiajului. Pentru că artistul are și alți clienți, pentru că stau mărturie și anii mulți în care a machiat mii de persoane. Publice sau necunoscute. Și cine și-ar da fața din cea mai importantă zi din viață (o mireasă, de exemplu) pe mâna cuiva doar pentru că se numește Rădulescu și e cumnata vedetei cu același nume?! Nici pentru fostul președinte francez Jacques Chirac nu cred că a contat că sunt cumnata Mihaelei, ci un make-up artist profesionist. Sau mai știi?

Mihaela este cunoscută pentru exigența sa, pentru profesionalismul său și a afirmat de nenumărate ori că echipa ei trebuie să fie musai una de profesioniști; ar fi trebuit ca mărturisirea ei să fi clarificat deja acest aspect. Nu s-a întâmplat chiar așa.

Am ales să scriu despre Mihaela o secțiune separată pentru că îmi este unul dintre cei mai dragi oameni. Dar și pentru că este modelul meu preferat, atât în viață, cât și atunci când este așezată pe scaunul de machiaj.

Pentru că de la ea am învățat enorm și am înțeles lucruri esențiale pentru devenirea mea ca femeie, ca om, ca profesionist.

Pentru că nu s-a mulțumit niciodată cu puțin și a înțeles că, învățând mereu despre tine, despre ceilalți și despre meseria ta, evoluezi cu adevărat.

Pentru că e ascultătoare când îi spui ce e bine pentru tenul ei.

Pentru că nu s-a culcat niciodată în viața ei fără să se demachieze.

Pentru că nu s-a trezit în nicio dimineață fără să-i pese cum urmează să arate peste zi.

Pentru că tenul ei e mereu perfect, așa că și machiajele mele nu pot fi decât grozave.

Pentru că aparițiile ei sunt mereu altfel și asta e o provocare pentru orice artist în arta machiajului.

Pentru că are o culoare a irisului absolut incredibilă și extrem de rară.

Pentru că o iubește pe Ioana.

Pentru că-și iubește familia și-i stă alături mereu, la bine și în special la greu.

Pentru că m-a primit în familia ei cu brațele deschise și mă ține îmbrățișată de-atunci mereu.

Pentru că datorită ei am un copil sănătos și în viață.

Pentru că e un om bun.

Pentru că este un model pentru multe femei.

Și, nu în ultimul rând, am ales să scriu despre ea pentru că este puternică și frumoasă. Plenar. În toate: la suflet, la minte și la trup.

Iar cartea mea este despre frumusețea și puterea femeilor. Este despre alegeri, despre unde dorim să ajungem multe dintre noi, despre ceea ce sperăm să devenim. Este despre libertate, despre înțelepciune, despre ce e drept și corect să facem pentru noi, pentru devenirea noastră. Este despre lecțiile de iubire și respect de sine pe care trebuie să ni le însușim și este despre noțiunile elementare ale frumuseții cu care am fost înzestrate și pe care ar trebui să le aflăm, să le folosim și să le respectăm ca să reușim să ajungem la varianta cea mai fericită a propriei persoane. Cartea aceasta este și despre modelele de care avem nevoie ca să putem înțelege cine suntem și ce ne dorim, despre cum putem să ne punem în valoare personalitatea și frumusețea naturală, subliniindu-ne astfel toate darurile interioare.

Iar Mihaela le cuprinde pe toate ca nimeni alta.

Am ales-o pe Mihaela, după cum ați citit, din foarte multe motive. Dar și pentru că este genul de femeie alpha. Cea pe care o poți urma fără să ajungi în prăpastie. Cea pe care o visăm noi, toate reprezentantele sexului frumos. Cea cu o personalitate năucitor de puternică, cu inteligență psihică și emoțională, cu o carieră solidă, disciplinată, cu reușite în tot ceea ce și-a propus. O femeie ca noi toate, dar care a știut foarte bine cum să se construiască și să devină mereu mai bună, competitivă și performantă.

Puternică și frumoasă. Adică exact așa cum trebuie să fim toate. Să devenim toate.

Mulțumesc pentru exemplu, Mihaela! Și nu numai. Dar asta rămâne între noi, cumnatele. ☺

2

Arta machiajului

Morfologia feței
și corectarea ei prin machiaj

Natura nu greșește niciodată – sau cel puțin așa am fost obișnuiți să credem. Și totuși, câteodată tare ne-ar mai plăcea să ne luăm la trântă cu ceea ce ne-a dăruit prea puțin – după părerea noastră sau după standardele epocii noastre. Pentru că formele ideale cântate de poeți, cele imortalizate de pictori sau sculptori ori cele aflate la un moment dat în trend într-o societate orientată prea mult către consum sunt acelea ce ne fac să ne simțim bine în pielea noastră.

Dar lumea e frumoasă și pentru că e diversă, altfel am umbla prin viață cu fețe uniforme, iar absența unor caracteristici ne-ar priva de unicitate. Plus că trăsăturile neregulate, spre deosebire de acelea ce se apropie de perfecțiune, sunt determinante pentru a ne individualiza.

Important e să ne cunoaștem defectele ce ne îndepărtează de ideal și, conștientizându-le, să le și acceptăm.

Dar, avem noroc, s-a inventat machiajul! Iar chipul primit în dar la naștere, dacă e departe de forma considerată ideală în timpurile noastre, ca proporții, este extrem de ușor de ajutat să ajungă cumva la un liman general acceptat.

Pentru a corecta forma neregulată a feței, soluția ideală e să ne jucăm cu zonele de lumini și umbre, pentru a îndulci trăsăturile mult prea reliefate sau pentru a le defini pe acelea mai puțin expresive. Este esențial să înțelegeți că, exact ca în moda vestimentară, culorile închise micșorează, iar cele deschise măresc, subliniază. Evident, este vorba despre o iluzie optică de care ne putem folosi și în machiaj pentru a ne estompa trăsăturile prea evidente ori pentru a le așeza în prim-plan pe acelea care ne avantajează.

Pentru început avem nevoie de fond de ten în două nuanțe, unul puțin mai deschis decât culoarea naturală a pielii noastre și un altul puțin mai închis. Pentru a crea umbre sau puncte de lumină mai accentuate, puteți folosi fond de ten în stick, este mult mai ușor de controlat pe suprafețe mici.

După morfologie, fața umană se împarte, în general, în cinci mari categorii distincte: rotundă, prelungă, pătrată, triunghiulară cu vârful în jos și triunghiulară cu vârful în sus.

Fața ovală nu e trecută la categorii pentru că este considerată un ideal, iar idealul, se știe, nu prea se întâlnește...

Să le luăm pe rând. În funcție de tipologia feței, vă voi învăța ca prin machiajul potrivit să vă aduceți forma, indiferent de tipul chipului, către ideal. Adică spre fața ovală.

Fața rotundă

- e caracterizată prin rotunjimea obrajilor, rotunjimi ce ascund osatura, pomeții și maxilarele, rezultând astfel un chip fără linii pronunțate;

- acest tip de față poate fi alungit umbrindu-i marginile, de la pomeți până la maxilar și până pe obraz, cu un fond de ten de culoare închisă, estompat aproape vertical înspre gură;
- cu fond de ten mai deschis la culoare se pune în valoare centrul feței, iluminând în special bărbia și fruntea, accentuând astfel o linie verticală imaginară;
- sprâncenele pot și ele, prin machiaj, să subțieze trăsăturile prin folosirea unei linii ascendente, iar ochii ușor alungiți spre tâmple pot să fie ridicați la rândul lor tot prin linii ascendente;
- pe mijlocul buzelor se folosește o culoare mai deschisă pentru a ilumina partea lor centrală.

Fața prelungă

- e caracterizată prin lungimea structurii osoase a frunții, a nasului și a bărbiei;
- dacă la fața rotundă am mers pe verticalitatea liniilor, la fața prelungă ne vom juca cu luminile și umbrele pe trei planuri orizontale: ochi, obraji și buze, lărgind chipul exact în aceste zone;
- fondul de ten închis la culoare se folosește pe frunte și pe bărbie, acoperind tot maxilarul inferior, estompând spre decolteu;
- fondul de ten de culoare deschisă va fi folosit pe pomeți și pe toată linia orizontală centrală a feței pentru luminozitate, deci amploare;
- ochii se alungesc orizontal, spre tâmple;
- sprâncenele, la fel, se prelungesc într-o linie mai mult orizontală;
- buzele se îngroașă atât pe lungime, cât și pe lățime, cu o culoare mată și închisă; se evidențiază bărbia, pentru

a o minimaliza, la acest tip de față fiind de obicei foarte bine marcată.

Fața pătrată

- e caracterizată printr-o structură osoasă puternică și evidentă în zona frunții, a pomeților și a maxilarelor, ceea ce dă un aer aspru și, exact ca în cazul feței rotunde, nu are o linie verticală care să ajute la construirea unui chip oval;
- se folosește fond de ten închis la culoare pe zonele unghiulare ascuțite: frunte, pomeți, maxilare;
- fondul de ten deschis machiază partea centrală a feței, de la frunte până la bărbie, iluminând-o cu o linie verticală;
- machiajul ochilor și linia sprâncenelor trebuie să fie ascendente, să ridice trăsăturile și să pună în valoare partea superioară a feței;
- pentru îndulcirea figurii, buzele se machiază în nuanțe deschise, iar comisurile gurii se ridică ușor.

Fața triunghiulară cu vârful în jos

- se caracterizează prin amploare în partea de sus a feței și o îngustare semnificativă de la obraji până la bărbie;
- machiajul potrivit este unul ce echilibrează cele două părți ale chipului, amplificând partea de jos și restrângând-o pe cea de sus;
- fondul de ten închis la culoare se aplică pe tâmple, pomeți și vârful bărbiei, în timp ce tonalitatea luminoasă se aplică între pomeți și maxilarul inferior;
- forma ochilor trebuie mărită și alungită spre exterior, în culori opace, pentru mai puțină luminozitate, iar sprâncenele trebuie arcuite;

- buzele se alungesc în exterior, iar pentru acest lucru
  folosesc rujuri în tonalități calde și luminoase.

Fața triunghiulară cu vârful în sus

- acest tip e caracterizat de o frunte îngustă, cu maxilare pătrate și puternice;
- se echilibrează cele două zone diferite reducând partea de jos prin fond de ten închis la culoare aplicat pe pomeți și estompat în jos și fond de ten iluminant în partea superioară, mai ales pe frunte;
- ochii se măresc punând în valoarea partea de sus a chipului, iluminând-o puternic;
- rujurile trebuie să fie opace, nu în culori vii.

Cam aşa putem corija imperfecțiunea morfologică a chipului.

Încercați acasă, în oglindă, cu o lumină adecvată și cu o trusă din care să nu vă lipsească entuziasmul și încrederea. Veți reuși!

Însă, doamnelor, vă rog să nu uitați sau să pierdeți din vedere că și geometriei imperfecte a chipului nostru îi datorăm, până la urmă, farmecul ce ne face unice, departajându-ne astfel de restul lumii.

Acoperirea temporară a imperfecțiunilor

Tenul nostru nu este perfect? Bun, dar ce este perfect pe lumea asta? Cam nimic, în schimb absolut totul este perfectibil și nu e cazul să vă lăsați doborâte de tristețe, nu vă descurajați orice-ar fi – pentru absolut toate tristețile legate de ten există soluții.

Sigur că ne gândim imediat cum să acoperim toate problemele ivite pe obrazul nostru, însă ar fi mai corect să încercăm, în același timp, să descoperim și cauzele ce ne generează motive de disperare. Este foarte important să urmăm câțiva pași simpli pentru a reduce într-o manieră semnificativă problemele de ten, nu doar să acoperim ceea ce ne deranjează. Din fericire, anumite imperfecțiuni au la bază cauze ușor de tratat și pot fi diminuate sau chiar complet anihilate printr-un tratament corect, astfel încât nu doar să ascundem temporar ceea ce nu este în regulă, ci și să evităm, în acest fel, sentimentele dezagreabile pe care ni le poate aduce un ten cu impurități sau defecte.

Mergeți mai întâi la un tratament cosmetic, unul serios. Hidratați-vă cum se cuvine, demachiați-vă corect în fiecare seară, curățați-vă tenul dimineața, folosiți creme adecvate tipului vostru de ten. Și nu uitați că s-au inventat o mulțime de proceduri cosmetice, toate revoluționare, mai ales pentru cearcăne, ten obosit, pete, pori dilatați și tot felul de alte neplăceri cauzate de imperfecțiunile chipului.

În ceea ce privește problemele permanente, cum ar fi cicatricile ce nu se pot elimina, cel puțin vom învăța să reușim să le ascundem fără a recurge la chirurgia plastică și reparatorie. Pentru că, din fericire, avem la îndemână toate armele de care e nevoie pentru a ne modifica în bine tenul – da, în trusa noastră completă de machiaj se ascund toate secretele, important e să adăugăm lângă ea un ghid de folosire cu talent a tuturor produselor pe care ni le-am achiziționat inteligent.

Iată câțiva pași simpli și la îndemâna oricui pentru a elimina câteva necazuri întreținute de un ten impur.

Cum acoperim coșurile

Sunt o nenorocire, știu. Pentru că sunt indisciplinate, apar când vor ele, ca niște mici explozii ale pielii ce ne aruncă în aer și ne distrug încrederea și entuziasmul. Și totul din cauza senzației dezagreabile că toți oamenii pe care îi întâlnim ar privi exact înspre ele. Cea mai gravă eroare e să încercăm să scăpăm de ele torturându-le până la completa lor dispariție – operație care, de cele mai multe ori, doar înrăutățește situația, lăsând în urmă numai răni deschise, mult mai vizibile ca înainte să ne exercităm noi forța asupra lor. Nu e nevoie să ascundeți un coș sub un „desen“ executat măiastru cu un creion maro, prefăcându-vă că e o aluniță sexy, există și alte soluții.

Când vă pregătiți să atacați un inamic așa de perfid, folosiți mereu o dischetă demachiantă sterilă, pe care ați aplicat puțin tonic. Dacă folosiți direct degetele, ați putea așeza în coș și ceva germeni purtători de infecții suplimentare. Tonicul e bun, ajută și la eliminarea excesului de sebum. Odată ce tonicul s-a uscat bine, aplicați corectorul într-o nuanță verzuie direct pe partea superioară a coșului. Pentru cine dorește, există și corectoare speciale, medicinale, având în componența lor ingrediente ca acidul salicilic, de exemplu. Lăsați și corectorul să se usuce bine şi apoi estompaţi marginile lui cu un bureţel sau cu aceeaşi dischetă de mai devreme, pentru a face trecerea dintre culoarea pielii şi cea a corectorului cât mai puţin abruptă. Apoi, folosiţi o pudră în pulbere, naturală, reducând la minimum suprafaţa de contact cu rana de pe piele şi evitând, în acest fel, iritarea, inflamarea şi înroşirea puternică a coşului.

Folosiţi o pudră naturală cu o bază verde pentru a reduce roşeaţa.

Herpes? Nu mai ies din casă!

Ba da, puteţi ieşi liniştite. Şi anume folosind corectorul de mai sus, pentru a face cât mai puţin vizibile semnele distinctive ale acestei… ciume. E foarte uşor de manevrat şi ajută mai mult decât v-aţi putea imagina. La fel ca la coşuri, pudra aşezată în strat fin peste corector este exact ceea ce vă trebuie pentru a avea curaj să ieşiţi în lume. Reîmprospătaţi-vă machiajul de mai multe ori pe zi, repetând operaţiunea ori de câte ori este nevoie. Şi trăiţi-vă zilele liniştite. Există viaţă şi în timp ce ne-a ieşit un herpes! Mai ales când ştim să-l ascundem cu graţie.

Ridurile – ce năpastă! Cum le ascund?

În niciun caz utilizând cantităţi industriale de produse pentru machiaj! Cu cât mai fine sunt retuşurile, cu atât mai bine. Hidrataţi bine zona înainte, aplicaţi chiar o bază cremoasă pentru a umple şanţurile fine, abia mai apoi folosiţi anticearcănul sau corectorul. Ar fi de preferat ca nuanţa lui să fie una gălbuie sau portocalie dacă zona – de obicei aflată sub ochi – are o nuanţă violet sau albăstruie. La final, puţină pudră pentru piele matură. Nu folosţi produse în exces, nu veţi reuşi decât să subliniaţi imperfecţiunile pielii.

Cicatricile, un coşmar...

Nu, chiar nu e aşa. Dar e bine de ştiut că un simplu corector şi o pudră nu sunt mereu îndeajuns. Există produse medicale ce se bazează pe formule speciale pentru un astfel de machiaj şi, de obicei, sunt foarte rezistente la apă. Ele pot fi utilizate şi pentru coşuri, răni temporare sau chiar vânătăi. Nu uitaţi că anumite corectoare sunt verzi, iar altele sunt de culoare gălbuie, bej sau uşor portocalie. Cele verzi neutralizează nuanţele roşiatice ale pielii, iar cele galbene sau portocalii anihilează nuanţele de albastru şi violet. După ce aţi camuflat problema, acoperiţi ulterior zona cu un fond de ten pentru uniformizare, iar la final aplică o boare delicată de pudră.

Puteţi cere detalii în farmacii despre produsele medicale speciale sau le puteţi găsi on-line, însă fiţi mereu atente la indicaţiile şi modalităţile de folosire ce însoţesc fiecare produs în parte. Şi cel mai corect e să apelaţi ori la sfaturile unei cosmeticiene cu acte în regulă şi experienţă aşişderea, ori, şi mai bine, la un medic dermatolog.

Vreau să scap de negi

În mod normal, sunt consideraţi o marcă personală şi nu ar trebui să ne facem niciun fel de probleme că îi avem. Dar, dacă doriţi să-i camuflaţi, să ştiţi că nu e aşa de simplu şi, de obicei, reuşim doar să-i estompăm. Corector pe negi şi în jurul lor, iar apoi pudră pentru uniformizare. Tot medicul dermatolog vă poate ajuta şi să scăpaţi de ei, nu riscaţi niciun fel de acţiune empirică împotriva lor.

Nu-mi suport pistruii

Chiar dacă bărbaţii le consideră sexy pe femeile cu pistrui, ele preferă mai mereu să şi-i ascundă. Aveţi nevoie de un fond de ten rezistent la apă, într-o nuanță corectă pentru pielea voastră, și o pudră fină, naturală. Aplicați și apoi uniformizați, coborând fin până pe gât.

Cum redimensionăm porii dilatați excesiv?

Rutina zilnică a îngrijirii corecte a pielii este cea mai bună soluție, înaintea unui fond de ten bine ales, cu o bună acoperire, *oil free*, și a unei pudre foarte lejere. Un scrub delicat de cel puțin două ori pe săptămână și un peeling săptămânal, însoțit de o curățare profundă, pe lângă o hidratare și o demachiere zilnice, ar trebui să modifice în bine aspectul porilor, inclusiv un tonic bine ales, ce ajută la închiderea lor, evitând inflamațiile temporare și apariția comedoanelor în exces.

Cam acestea ar fi, în mare, secretele pașilor mici de parcurs în machiaj atunci când pielea noastră are imperfecțiuni mărunte. Mici secrete și obișnuințe ce ar trebui să ne facă să zâmbim cu mai multă încredere, uitând de necazurile ce ne-au invadat tenul. Pentru că viața unei femei frumoase și puternice este și despre înfruntarea și anihilarea tuturor neplăcerilor, indiferent de natura acestora.

Machiajul de zi

Machiajul de zi este întotdeauna acel machiaj privit la lumina zilei, în lumină naturală. Este acel machiaj pe care orice femeie și-l dorește a fi aproape invizibil și de lungă durată. Iată în câțiva pași simpli cum îl putem realiza:

- Niciodată nu putem să ne pregătim de machiaj fără o demachiere prealabilă cu o loțiune micelară aleasă corect pentru tipul nostru de ten. Demachierea prealabilă ajută la degresarea tenului de sebumul de la nivelul feței, fără a modifica valoarea pH-ului pielii.
- După ce am curățat fața de impurități, este indicat să aplicăm un primer, o bază pentru machiaj ce va asigura aderenţa produselor folosite şi ne va menţine machiajul intact pe parcursul zilei. Este recomandat cu precădere persoanelor care au ten mixt sau gras.
- E indicat să folosim un fond de ten ce corespunde culorii naturale a carnației, ceea ce va permite aplicarea și estomparea sa cu ușurință, fără ca asta să comporte riscul de a face contrast la nivelul gâtului sau chiar la nivelul mâinii, atunci când o apropiem de față.
- Fardurile de obraz vor fi estompate cu grijă și vom evita corecţiile insistente la nivelul bărbiei și al nasului, unde orice surplus de produs cosmetic riscă să fie extrem de evident în lumina soarelui.

ஒ Culorile alese pentru ochi vor trebui să fie mai ales desaturate (naturale), nuanțate cu bejuri sau marouri în cazul unui ton cald al pielii (considerată o armonie caldă, pasională) sau pe bază de gri pentru tenurile reci (considerată romantică). Fardurile vor fi bine estompate, iar pliul pleoapei va fi foarte natural, cu o umbră aproape inexistentă, pentru a rămâne foarte discretă.

ஒ Conturul gurii va fi desenat și estompat cu foarte mare grijă, astfel încât să nu poată fi ghicit atunci când va fi aplicat rujul pe buze. Gura va fi machiată într-o culoare ștearsă, adică amestecată cu puțin bej pentru un aspect mai natural.

ஒ Pentru detaliile feței, singura rectificare pe care o vom putea folosi mereu într-un machiaj de zi este retușul cearcănelor cu un corector.

ஒ Sprâncenele vor fi definite după ce vor fi curățate în prealabil de produsele folosite în timpul machiajului, fără a le colora și contura excesiv mai apoi.

ஒ La final, vă recomand aplicarea unui strat fin de pudră pulbere ce nu vă va încărca fața, ideal pentru a fixa fondul de ten şi a împiedica strângerea sa în pliurile feţei, în liniile fine sau ridurile de expresie.

ஒ Pentru ca acest machiaj să dureze întreaga zi, e nevoie ca în timpul zilei, din când în când, să folosiți servețele absorbante pentru sebum, tapotând ușor zona T și aplicând, doar dacă este absolut necesar, extrem de puțină pudră pe aceeași zonă. Evident, și machiajul buzelor va avea nevoie de retușuri.

Machiajul natural, de zi, este unul foarte simplu şi vă poate îmbunătăţi imaginea mai mult decât credeați, punându-vă în valoare chipul pentru întreaga zi, fără a vă răpi mai mult de 10 minute din dimineaţă. Încercați să transformaţi acest lucru în rutină, exact ca dușul, curățarea tenului și spălatul pe dinți, și veți remarca schimbări majore inclusiv la nivel psiho-afectiv. Vă veți simți mai sigure pe voi, mai frumoase, mai puternice.

Machiajul de seară

Mai întâi de toate, vom diferenția machiajul de seară de machiajul festiv, de ocazie. Ca să fie şi mai clar, machiajul de seară este potrivit pentru ieşirea la teatru, la restaurant, la o terasă, la un spectacol. Deci, fără tuşe exagerate!

Machiajul de seară se diferențiază de cel de zi prin sursa de lumină care-l va pune în valoare. Dacă la machiajul de zi trebuie să fim atente la lumina naturală, aici vor interveni diferitele surse de lumină după cum urmează:

Becul incandescent are o lumină galbenă, caldă. Această lumină îngălbeneşte toate fețele şi toate machiajele. Atunci când știți că veți merge într-un loc cu lumină incandescentă, va trebui să evitaţi toate tonurile de galben şi oranj, deoarece vor fi accentuate în lumina galbenă. Tonurile de roz dau mult mai bine şi, pe vremuri, toate machiajele de seară erau pe bază de roz. Acum putem diversifica mai mult, dar ţinând mereu cont că e bine să fie evitate tonurile prea portocalii.

Lumina fluorescentă este acea lumină rece, de neon, ce produce întotdeauna o lumină mai albă, uşor albăstruie. În machiajul expus unei asemenea lumini, e indicat să nu folosiți tonuri prea roz sau prea palide. Va trebui să vă colorați tenul în culori mai închise și să utilizați un joc de umbre și lumini pe bază de tonuri calde. La nivelul ochilor evitaţi tot ceea ce este sidefiu, argintiu, albăstrui sau violaceu. Tonurile naturale, maro, au întotdeauna un efect mult mai bun.

Lumina de halogen (spoturi, lumină albă) este o lumină ce corespunde luminii naturale a zilei. Așadar, vom folosi un machiaj natural, precum cel descris la machiajul de zi.

Lumina lumânărilor constituie o provocare deoarece este complet portocalie. Va trebui să aveți grijă să nu folosiți tonuri prea galbene ori prea portocalii; vă recomand mai curând toate tonurile de roz, bleu, mov și violet. Este bine de știut că o masă cu lumânări este întotdeauna mai puțin luminoasă decât o masă aflată într-o cameră cu lustră sau cu o lampă de tip halogen, astfel că va trebui păstrat un ten destul de șters, pentru ca fața să se detașeze bine în penumbră. Contrastul între culoarea pielii și culoarea fardurilor ce vor umbri și adânci obrajii e important. Fardurile sidefii dau deosebit de bine, ca și toate fardurile perlate, și sunt recomandate pentru acest tip de lumină. Bijuteriile, diamantele nu sunt niciodată mai frumoase ca atunci când sunt văzute la lumina lumânărilor. Această lumină este mereu foarte interesantă deoarece surprinde fața la înălțimea perfectă, adică la nivelul ei, ceea ce estompează toate defectele tenului. Femeia care ia cina la lumina lumânărilor este întotdeauna frumoasă, iar ea știe, instinctiv, că lumina îi va împrumuta chipului ei toată strălucirea sa. Atenție însă la calitatea tenului și să nu uitați nici faptul că o piele matură nu are nevoie de niciun fel produse cu glittere.

Machiajul de seară trebuie să fie mai puternic decât cel de zi deoarece lumina artificială va estompa tonurile, comparativ cu lumina zilei, care le pune în evidență. Va trebui obţinut un contrast mai puternic, astfel încât să existe o diferenţă mai evidentă între fardurile deschise la culoare şi fardurile închise, pentru a accentua la maximum contrastele.

De asemenea, culorile trebuie să fie întotdeauna mai profunde decât cele pentru zi, mai puţin discrete, mai întunecate. Toţi paşii din machiaj vor fi accentuaţi: liniile de contur pentru ochi vor fi mai puternice, conturul gurii se va vedea mai pronunțat, mai puţin estompat, iar rujul de buze va fi ales o idee mai întunecat decât pentru zi.

Culoarea fondului de ten poate fi aleasă cu un ton sau chiar două mai închisă decât tenul, dar uneori ea poate fi foarte deschisă, pentru a obţine un efect romantic.

Nu uitaţi că în machiajele de seară vom putea folosi artificii precum gene false, jocurile intense de umbre şi lumini, desenul mai accentuat al buzelor şi al ochilor, luminile artificiale ale serii estompând toate tonurile. Însă toate vor trebui să țină cont de calitatea şi vârsta tenului, de fizionomie.

Cuvintele-cheie pentru un machiaj de seară impecabil sunt cu siguranță legate de lumină, de strălucire, de eleganță, de contraste și de o naturalețe ușor accentuată.

La final, rețineți că machiajul de seară este calea de mijloc între un machiaj de zi și unul festiv, de ocazie, și ar fi nevoie să vă calculați timpul pe care-l aveți la dispoziție pentru realizarea lui, fiindcă nu e atât de simplu ca un machiaj de zi.

Machiajul elegant de seară are rolul de a defini mult mai bine trăsăturile, pentru a obţine în final un look şic, distins şi fin, punând-o în valoare pe femeia care-l poartă. Cu siguranță, una și frumoasă, și puternică. Răvășitoare!

Machiajul office

Aşa cum am stabilit deja, imaginea este cartea de vizită a unei persoane şi devine cu atât mai importantă în mediul office deoarece acolo ne petrecem cele mai multe ore din zi. Şi, cum primul lucru pe care îl observă o persoană în primele secunde este faţa, e clar că nu-ţi poţi permite să arăţi obosită sau neîngrijită, chiar dacă trezitul de dimineaţă nu este lucrul pe care-l iubeşti cel mai mult pe lume. Aşadar, machiajul şi aspectul fizic joacă un rol important în crearea unei bune impresii la serviciu.

Începem machiajul cu paşii esenţiali de îngrijire a tenului (tonifiere şi hidratare), apoi vom aplica un fond de ten cu textură fluidă, prin alunecare dacă tenul este lipsit de imperfecţiuni sau prin tapotare dacă tenul necesită o mai bună acoperire.

Pasul următor este corectorul aplicat pe zona cearcănelor, în mod special pe linia cearcănelor, unde vom insista cu suficientă cantitate de produs, dar nu atât de multă încât să fie evidentă.

Se aplică pudra pulbere pentru a fixa atât fondul de ten, cât şi corectorul, dar şi pentru a spori rezistenţa machiajului pe parcursul întregii zile.

Se va reveni cu retuş de pudră doar dacă este necesar. La fel ca în orice tip de machiaj, este recomandat a se folosi şerveţele pentru a absorbi excesul de sebum; acestea se găsesc în farmacii sau în magazine de specialitate.

↬ Machiajul office trebuie să fie natural şi discret şi mai ales adaptat momentului zilei. Vom opta pentru nuanţe naturale, telurice (nuanţele pământului), neutre, potrivite unui machiaj discret.

↬ După fixarea corectorului cu pudră, vom aplica un creion contur maro sau gri, niciodată negru, deoarece înăspreşte trăsăturile la lumina naturală a zilei (în cazul machiajului office, excepţia o face eyelinerul), estompat cu ajutorul unei pensule mici și plate; ulterior putem aplica un fard ivoire în colţul intern al ochiului şi pe arcadă, pentru a crea înălţime, următorul pas fiind folosirea pe toată suprafaţa pleoapei a unui fard de tonalitate medie, pe care-l fixăm cu o pensulă plată din păr natural. Pentru a da expresivitate privirii, alegem un maro pe care îl vom aplica în colţul extern în formă de V întors (banană închisă) în pliul pleoapei. Fardul ar trebui aplicat cu o pensulă rotundă, numită blender, special creată pentru pliul natural al ochiului. Vom evidenţia şi pleoapa inferioară cu acelaşi fard pentru o continuitate a machiajului, însă printr-o mişcare de „ştergere“, pentru un efect difuz, estompat.

↬ La final folosim mascara în felul următor: trăgând de pleoapa mobilă în sus pentru a fixa peria la baza genelor şi prin mişcări în zigzag vom dispersa produsul, orientând genele în direcţia dorită pentru mai mult volum şi alungire.

↬ După finalizarea machiajului ochilor, vom stiliza sprâncenele cu ajutorul fardului special pentru sprâncene şi al unei pensulei plate şi teşite din păr mai dur. Profesioniştii folosesc în general pensule din păr de bursuc. La final le periem cu pensula spiralată, pentru a îndepărta surplusul de produs.

↬ La nivelul feţei vom aplica un blush (fard de obraz) în armonie cromatică cu machiajul ochilor, recomandabil cu textură mată și aplicat în funcţie de fizionomia feţei.

Machiajul de mireasă

Dacă până acum am v-am vorbit despre machiajul de zi, de seară și office, machiaje ce pot fi realizate acasă cu puțin exercițiu de oricare dintre femei, acum vă voi povesti despre un tip de machiaj mult mai complex, pe care orice femeie și-l dorește sau și l-a dorit la nunta sa și care se realizează de obicei de către un profesionist în arta machiajului.

Miresele din diverse părți ale lumii nu se machiază în acelaşi fel. De exemplu, în religia catolică, în Franţa, Biserica impune o îmbrăcăminte albă şi un machiaj foarte discret, chiar dacă mireasa urmează a fi fotografiată şi filmată cu acest tip de machiaj și nu este tocmai ce îşi doreşte pentru a avea niște amintiri memorabile... În schimb, în ţările arabe machiajul este unul foarte colorat și necesită culori vii, care să corespundă cu hainele multicolore şi cu bijuteriile foarte strălucitoare ale mireselor. În ţările asiatice machiajul se va face în funcţie de alegerea miresei, dacă se îmbracă la căsătorie în alb sau în costum tradiţional.

Iată ce presupune machiajul clasic al unei mirese în alb.

Pentru că albul este emblema purităţii, mireasa noastră va trebui să fie candidă, proaspătă şi naturală, dar în acelaşi timp strălucitor de frumoasă – iată spiritul acestui tip de machiaj.

Pe plan tehnic, machiajul ar trebui să țină practic întreaga zi și o mare parte a nopții, fără a necesita retușuri speciale. Așadar, baza pentru machiaj este foarte importantă și va trebui să alegem în locul cremei obișnuite un ser de pre-machiaj, care asigură produselor ce vor fi aplicate ulterior o rezistență foarte mare.

Odată ce s-a aplicat acest ser de pre-machiaj, vom alege un fond de ten potrivit cu carnația miresei, acoperitor dacă are probeme la nivelul pielii, ușor și transparent dacă are o piele fără probleme deosebite. Culoarea fondului de ten va trebui aleasă astfel încât să nu fie prea pală, pentru a păstra un contrast plăcut între piele și rochia albă. Acest fond de ten va trebui aplicat cu multă grijă și mai ales trebuie foarte bine lucrat, pentru un nivel crescut de rezistență; aplicarea se va face cu un burete din latex, care va permite o aderență foarte bună a produsului pe piele. Dacă fondul de ten e fixat perfect, pudra va completa ulterior efectul de rezistență.

Să nu uităm că este vorba de un machiaj care va fi prins în fotografii și în materiale video, așadar make-up artistul va trebui să se joace intens cu umbrele și luminile, exact ca pentru un machiaj foto, așa că va aplica toate umbrele care-i vor face miresei un chip fotogenic, începând cu sculptura obrajilor sau cu pereții laterali ai nasului. Cearcănele vor trebui mascate perfect. Fotograful, cu o iluminare bună, va putea să le estompeze și el foarte mult.

Urmează aplicarea fardului de obraz pe pomeți, destul de sus, ceea ce are întotdeauna un efect de lifting și-i dă miresei un aer tânăr și candid; vom alege tonuri nuanțate de roz, care poate fi un ton rece sau un ton cald, însă neapărat foarte deschis, ales în armonie cu carnația modelului.

Ochii sunt foarte importanți, însă nu va trebui folosit un machiaj complet diferit de ceea ce poartă o mireasă în mod obișnuit. Se va acorda atenție jocului umbrelor și al luminilor, folosind tonuri pastelate şi discrete; tonurile de roz şi mov (violet) dau adesea aspectul romantic și îngrijit scontat. Nu uitaţi să realizaţi o uşoară adâncitură a orbitei şi să desenaţi sprâncenele perfect. Sunt recomandate fardurile sidefate, dar aplicate uşor, pentru a nu reflecta prea mult lumina în timpul fotografierii. Nuanţe reci recomandate: lila, violet, indigo, prună; nuanţe calde: bejuri, marouri, culoarea piersicii. Aplicăm gene false.

La nivelul gurii, rujul va fi ales întotdeauna roz cu reflecţii calde sau reci, în funcţie de armonie. Conturul gurii poate fi trasat precis cu fond de ten prin tehnica „gurii perfecte". Pentru a-l fixa şi a-i asigura o mai bună rezistenţă se poate aplica un șervețel care va absorbi toată grăsimea, se pudrează apoi buzele şi se aplică deasupra un luciu incolor.

Probabil că cea mai importantă zi din viaţa unei femei, în afară de cea în care devine mamă, este ziua când îmbracă rochia de mireasă. Iar tot ceea ce ține de acea zi este esențial pentru ea, printre lucrurile importantissime numărându-se machiajul, coafura, fotografiile, materialele video. Asigurându-i confortul că arată ca în visurile ei, ziua aceea poate fi una cu adevărat memorabilă, unică și desăvârșită. Iar pe tine, ca make-up artist, o rotiță în acest angrenaj complex, acest lucru nu poate decât să te facă mândră de profesia pe care ți-ai ales-o. Eu sunt. Pentru că în toată cariera mea i-am asigurat fiecărei femei care s-a așezat pe scaunul de la masa mea de machiaj liniște, mulțumire sufletească, bucurie și un chip care va rămâne peste ani – în toate amintirile, cele perpetuate în fotografii sau în memoria familiei şi prietenilor –, perfect, frumos, plin de o fericire strălucitoare.

Machiajul festiv

Noutățile pe care le aduce în viața noastră un machiaj glamour sunt speciale de fiecare dată, de un rafinament nobil, în general stiliștii celebrând pentru aceste evenimente speciale dragostea lor pentru strălucirea pietrelor prețioase și imprimând-o cu generozitate machiajului festiv, indiferent de anotimp și de ocazie – Crăciun, Revelion, serate senzaționale, petreceri cu ștaif.

Fardurile discrete, de zi cu zi, se transformă, devin irizante, perlate, sidefate, „mustesc" de glittere, împrumută sclipirile diamantelor, ale rubinelor, safirelor, smaraldelor şi ametistelor, au strălucirea aurului și finețea argintului, iar femeia care le foloseşte este splendidă, misterioasă și fascinantă, cu un look spectaculos. Însă, pentru ca toate acestea să fie posibile, tenul trebuie să fie perfect, hidratat și proaspăt, fără niciun fel de probleme, având în vedere că particulele de lumină conținute de toate produsele folosite pentru sărbătorile cu fast scot în evidență toate defectele pielii.

Sfaturi:

- înainte de aplicarea make-upului folosiți mereu o bază matifiantă; pe lângă faptul că sporește rezistența machiajului, asigură și un ten luminos și catifelat, cu o culoare uniformă, naturală;
- conturați bine ochii cu ajutorul eyelinerului; dacă aveți probleme cu cearcănele, evitați eyelinerul pe

pleoapa inferioară – folosirea lui nu face decât să le accentueze;
- optați pentru smokey eyes, dar în nuanțe irizate, perlate, sidefate, în contrast cu nuanța irisului; pentru un look spectaculos puteți opta pentru dark smokey eyes;
- gene false – numai din păr natural, pentru o privire seducătoare, plină de mister și promisiuni;
- sprâncenele – bine conturate, perfect stilizate, desenate conform morfologiei feței, colorate în perfect acord cu pielea și părul, totul pentru a intensifica zona atât de importantă a ochilor;
- pentru un efect glamour, folosiți și o atingere de fard de obraz irizant (atenţie, doar dacă tenul e perfect!) – va da iluzia unei aure în jurul chipului vostru;
- pentru buze pline – pe centrul lor aplicăm un gloss cu particule reflectorizante sau un fard perlat pentru volum. Când sărbătorim *alla grande*, vedetă este rujul roșu (numai dacă ni-l permitem – asta înseamnă o dantură impecabilă și un machiaj al ochilor mai puțin evidențiat);
- gâtul, decolteul și brațele pot fi ușor tapotate cu puțină pudră irizantă, sidefată;
- folosiți la final un make-up fixer – vă ajută să vă păstrați machiajul desăvârșit până la finalul evenimentului special pentru care v-ați pregătit.

Așadar, machiajul festiv poate și trebuie să fie extravagant, spectaculos, senzual și stylish. Reușiți astfel să fiți strălucitoare în serile cu ocazii speciale din viața voastră, să mizați pe o privire irezistibilă și pe o gură senzuală. Pentru toate acestea, jucați-vă cu umbrele și lumina, cu glittere pentru ochi, glossuri transparente sau rujuri roșii pentru buze.

Și veți fi frumoase, neprețuit de frumoase! Veți fi unice și de neuitat. Adevărate femei, puternice și frumoase.

Machiajul pentru adolescente

Vârsta când adolescentele încep să se machieze a scăzut considerabil în ultimii ani, ajungând acum în jurul a 11 – 12 ani. Luciul de buze, mascara și blush-ul sunt cosmeticele preferate de copii. Iar erorile pe care le fac în machiaj tinerele fete se datorează în mare măsură dorinței lor de a demonstra o altă vârstă decât au în realitate. Chiar dacă adevărata frumusețe a vârstei lor este prospețimea, asta nu înseamnă să le interzicem accesul la trusa de machiaj sau să le impunem folosirea unui număr restrictiv de produse cosmetice; esențial e să le convingem, apelând la logică, să nu se ascundă după machiaj, să învețe să-l folosească drept un instrument prietenos, care le poate pune în valoare punctele forte ale chipului, eliminând din obișnuitele lor – nevinovate de altfel – tușe îngroșate, vulgare, intense.

Sunt mândra mamă a unei superbe tinere în vârstă de 21 de ani, așadar vă vorbesc în perfectă cunoștință de cauză; fiica mea, dar și eu – culmea, pare incredibil, nu-i așa?! – am trecut deja prin adolescență. (Eu ceva mai demult, dar anumite lucruri nu se schimbă niciodată.) ☺ Numai că am avut norocul să fiu și cea mai bună prietenă a mamei mele și a mea, iar când am devenit mamă am ținut neapărat să perpetuez bunul obicei al familiei și să am bucuria de a fi și cea mai bună prietenă a fiicei mele. N-a fost ușor să-mi câștig locul acesta în viața ei, mai ales în adolescență, perioadă din viața copiilor noștri care vine la pachet cu o sumă de tentații care mai de care mai ciudate și aparent greu de înțeles și de ținut în frâu. (Să fim înțelepți, cum ziceam; am fost și noi cândva la vârsta lor.) Însă am ținut neapărat să-i fiu alături Ioanei tocmai pentru că adolescența e, poate, perioada cea mai dificilă din viața copiilor, este vremea când își caută o identitate trecând prin multe faze, oscilează în permanență, își modifică abrupt opțiunile, aleg febril – și de foarte multe ori greșit – un drum propriu, un mod de a fi. Și, mai ales, e perioada când au cea mai mare nevoie de confirmări și de sprijinul necondiționat al părinților, în special al unei mame care înțelege orice și dă o mână de ajutor la nevoie.

Pentru fete, adolescența aduce și primele tentații irezistibile în fața măsuței de machiaj. Pentru că machiajul le ajută să se simtă mature, frumoase, dorite, importante. Și mai e și un ajutor de nădejde pentru a face o impresie răvășitoare asupra băiatului din visurile lor romantice, evident.

Problema e că la această vârstă nu toate adolescentele au capacitatea de a înțelege care este lookul corect pentru ele, iar machiajul devine și un instrument pentru a se face remarcate în fața colegelor. Unele fete încep să se machieze pentru că cea mai populară domnișoară din clasă deja o face; și, dacă alte colege o imită, de ce n-ar face asta și ele? Sigur, nu generalizez, nu susțin că toate adolescentele se machiază mult și prost din cauza exemplelor negative din jurul lor, dar e adevărat ca asta se întâmplă foarte des, de foarte multe ori fetele având tendința de a exagera cu machiajul, folosind prea mult fond de ten și în tonuri greșite, fard de obraz în exces, creion maro sau chiar negru pentru conturul buzelor, tuș cu linii ondulate și tremurate în jurul ochilor.

Primul meu sfat pentru tinerele fete ar fi acesta: nu vă lăsați prea mult influențate de modă și modele extreme sau de cum se machiază prietenele ori colegele; încercați să raționați cu mintea voastră, alegeți un machiaj adaptat chipului vostru.

O mare importanță la vârsta aceasta, ca la orice vârstă de altfel, o are curățarea și îngrijirea corectă a tenului înainte de aplicarea machiajului și folosirea unei creme hidratante atât la nivelul feței, cât și la nivelul ochilor. Tenul trebuie îngrijit mereu, indiferent de câți ani avem.

Trebuie, mai apoi, să vă decideți ce tip de machiaj vă este necesar, de zi sau de seară – adolescentele fac adesea confuzie între acestea și, la ora 7 dimineața, își aplică cel mai roșu ruj sau își desenează smokey eyes. Machiajul de zi al unei fete la această vârstă trebuie să fie fresh, să ne insufle ideea de prospețime și tinerețe, iar pentru asta tenul trebuie păstrat luminos, curat, neîncărcat. Fondul de ten trebuie ales și aplicat cu mare atenție deoarece, din dorința de a ascunde anumite imperfecțiuni specifice vârstei, fetele aplică adesea produsele strat peste strat și se creează astfel un efect de mască – fondul de ten potrivit unei adolescente fără probleme de ten este acela fluid, iar în cazul unui ten acneic ideal ar fi să consultați mai întâi un medic dermatolog, care vă va indica o schemă corectă de îngrijire, recomandându-vă inclusiv folosirea unui fond de ten adecvat problemelor pe care le aveți.

În locurile unde există comedoane folosiți un corector (aplicat prin tapotare), ce maschează local imperfecțiunile, și reveniți cu un fond de ten în aceeași culoare cu nuanța pielii. E obligatoriu să-l estompați către zona gâtului, nu vă doriți să arătați ca o mască de bâlci!

Dacă aveți cearcăne, anticearcănul se aplică (tot prin tapotare) pentru acoperire, dar și pentru luminozitate.

Pudra recomandată pentru tinerele fete va fi translucidă și fără pigment, aplicată într-un strat extrem de fin, doar cât să fixeze fondul de ten, aplicat și el într-un strat discret.

Machiajul ochilor trebuie să confere feței aceeași luminozitate și prospețime deja menționate, cu ajutorul fardurilor mate, desaturate și pastelate (pe timpul zilei).

Linia de creion e necesar să fie discretă, aplicată la baza genelor și foarte bine estompată, liniile grafice și îngroșate nu sunt adecvate unui look proaspăt, adolescentin.

În ceea ce privește mascara, aplicați-o cu încredere, însă niciodată și pe pleoapa inferioară deoarece vă dă un aspect artificial și bătrânicios.

Buzele pot fi acoperite de un strat de gloss într-o nuanță naturală, și nu de un ruj compact, mult mai potrivit doamnelor. Rujul poate fi folosit de adolescente în cazul unui machiaj de seară, la bal sau la o petrecere între prieteni.

Fardul de obraz trebuie să fie de culoare naturală, în tonuri trandafirii, iar sprâncenele să fie pieptănate și curățate foarte bine, stilizate potrivit vârstei.

Știu, am folosit prea mulți „trebuie“, un cuvânt odios pentru adolescenți! Însă în situația de față este odios nu pentru ei, ci pentru mame. Dar mamele pot învăța cum să-și direcționeze fiicele, cu inteligență și fler, către cea mai bună imagine, cel mai proaspăt și mai dulce look.

Și sunt sigură că vor reuși!

Machiajul pentru tenul matur

Dacă tot am elucidat mai devreme „misterele“ artei machiajului pentru anii de început de viață ai unei viitoare femei, să înaintăm către o altă vârstă, la fel de frumoasă: maturitatea.

La tinerețe, când pielea unei femei se află la apogeul perfecțiunii și frumuseții sale, este foarte simplu să o punem în valoare, iar asta se poate face fără niciun fel de efort, cu un machiaj cât se poate de simplu. Problemele intervin însă când avansăm în vârstă și semnele timpului devin evidente. Ajunse în acest stadiu, multe femei au impresia că machiajul, aplicat după o anumită vârstă, le accentuează defectele pielii și le subliniază în mod neplăcut aspectul matur al tenului, implicit anii.

Pentru a demola acest mit, este suficient să facem corecturile juste și să ne punem în valoare chipul fără să-l încărcăm. Astfel, doamnelor, veți observa că un machiaj reușit ne poate întineri cu cel puțin 10 ani! Problemele principale ale unui ten matur sunt, în primul rând, ridurile, apoi paloarea și lipsa strălucirii pielii, petele, dar și reducerea pilozității sprâncenelor și pleoapa superioară căzută.

Pentru ameliorarea acestor defecte, vom vedea punct cu punct ce este de făcut:

- *Baza pentru machiaj* – o piele însemnată de timp are nevoie să fie lejer iluminată, astfel că vom folosi un fond de ten fluid foarte lejer, în care am picurat eventual un crop de cremă hidratantă cu protecție solară și pe care îl vom întinde într-o peliculă extrem de fină pe toată suprafața feței și în zona gâtului, uniformizându-l.

- *Corectorul* este extrem de important; vom folosi unul mai dens pe suprafețele pătate și unul cu o consistență lejeră în zona cearcănelor, zonă cu o piele de o culoare mai închisă. Tapotăm și uniformizăm.
- *Pudra* va fi aplicată într-un strat extrem de fin și va fi una translucidă, cu o textură ideală pentru a fixa machiajul fără a încărca tenul și evitând zona ochilor. O vom întinde cu o pensulă, nicidecum cu un puf.
- *Sprâncenele rărite* și cu un curs descendent vor fi corectate cu pulbere sau cu un creion cu mina dură.
- *Ochii* trebuie puși în evidență în mod natural, iar dacă pleoapa superioară și-a pierdut din fermitate, ne vom concentra pe linia genelor. Vom folosi umbre neutre, cu textură opacă, pentru a nu accentua ridurile de expresie, iar pe linia genelor vom trasa o linie grafică utilizând un creion de culoarea cafelei. Ne vom pune în valoare genele curbându-le cu ajutorul unui clește pentru gene, colorându-le apoi cu mascara extra black pentru o privire pătrunzătoare și mărirea ochilor. Nu recomand folosirea fardurilor sidefate la nivelul ochilor cu piele ridată.
- *Obraji* – vom da culoare și prospețime chipului cu o tușă de fard de obraz opac pe partea cea mai înaltă a pometților. Rețineți: pe o piele matură nu este indicată folosirea produselor ce reflectă culoarea, pentru că, inevitabil, vor scoate în evidență și defectele tenului.
- *Buze* – dacă aveți câteva riduri în jurul gurii, conturați buzele cu un creion cerat, alegând culori naturale, apoi aplicați nuanța cu o pensulă. Nu vă sfătuiesc să folosiți gloss, acesta are tendința de a migra dincolo

de marginile buzelor, adică exact unde se află ridurile. Dacă țineți neapărat, puteți aplica foarte puțin gloss în centrul buzelor, pentru un efect tridimensional.

Gata, doamnelor! Cu un machiaj strategic și corect, veți redobândi un chip tânăr, radios și strălucitor. Și 10 ani în minus, vă asigur! Doar că mai trebuie să fiți atente la tipul vostru de ten, pentru a folosi produsele adecvate acestuia. Și să nu uitați că, în timp ce înaintăm în vârstă, ne pierdem strălucirea naturală și elasticitatea pielii, aşadar e cu atât mai important să recurgem la așii pe care-i avem la îndemână: proceduri cosmetice inovatoare și machiajul de întinerire. Dacă veți învăța să realizați un machiaj perfect adaptat tenului matur și în plus veți beneficia de o îngrijire corectă a tenului, aspectul chipului vostru poate fi unul și cu 15 – 20 de ani mai tânăr.

Nu uitați faptul că, şi în cazul tenului matur, mai puțin înseamnă mai mult în ceea ce privește machiajul pentru că pielea și-a pierdut din elasticitate, e mult mai uscată, are riduri în zona ochilor, pe frunte, în jurul gurii și a căpătat și decolorări în anumite zone, depigmentări. Acoperirea prea mare pe aceste zone nu face decât să le scoată în evidență.

Fondul de ten trebuie să fie unul cu textură fluidă, cremoasă, pe bază de apă, anti-age sau cu efect de lifting. E necesar să alegeți o pudră pulbere translucidă, fără pigment, și fardurile cremoase, mate. Folosiți un anticearcăn fluid – eu nu vă recomand folosirea pudrei pe zona cu volume sau riduri accentuate. Alegeţi-vă un fard de obraz (blush) cremos, dar mat, iar creioanele de buze să fie cerate, cu texturi moi. Rujul să fie mat și nu folosiți iluminarea în zonele unde pielea nu mai e cum era odată. Nu vă jucați în exces cu luminile și umbrele la nivelul feței.

Sfaturi

Metode ce ne pot alunga anii de pe chip:

- evitați fondul de ten compact;
- evitați pudra compactă;
- evitați nuanțele sidefate în machiajul ochilor;
- evitați nuanțele de gri, negru, albastru electric, violet intens și orice fard cu pigment mult prea puternic;
- evitați contururile sau liniile groase în zona ochilor;
- evitați tușele negre;
- evitați culorile stridente (saturate) pentru buze.

Dacă toate condițiile de mai sus vor fi îndeplinite, veți avea surpriza să constatați că vi s-au șters de pe față destui ani. Motive suficiente, zic eu, ca să vi-i purtați pe toți cu iubire și mândrie. Evident, vorbesc în cunoștință de cauză. ☺

Machiajul tematic și machiajul de show (fantezie)

Sărbătorile bat la ușă, le auziți? Dar ce spun eu că bat la ușă, deja ne-au intrat în casă, își flutură mantia strălucitoare și ne învăluie cu miros de brad, de ger, cu parfum de scorțișoară și vin fiert. Cadourile pentru cei dragi sunt deja bine pitite, așteaptă cuminți ziua când vor fi frumos împachetate, etichetate și așezate sub brad. Și tot sigur e că la ora aceasta deja ne-am ales unde mergem, cu cine vom petrece și cum ne vom îmbrăca. Numai la capitolul machiaj avem o problemă, dat fiind că posibilitățile sunt infinite – și asta face ca decizia noastră să fie mereu una dificilă.

Am optat pentru o petrecere tematică? Un club renumit? Acasă la cei mai buni prieteni? În familie?

În machiajul de sărbători, indiferent de moda momentului, culorile sunt mereu aceleași, dar interpretate diferit: auriu, argintiu, roșu, glittere, smokey eyes.

Iată, vă propun patru tipuri de machiaj pentru sărbători. Aveți timp să încercați și să decideți care vă place cel mai mult:

Machiajul auriu – pentru pleoapa superioară și pomeți folosiți pulberi iluminatoare, pentru a vă îmbrăca tot chipul în lumină.

Machiajul argintiu – se procedează la fel ca în cazul celui auriu; este foarte potrivit pentru cine preferă tonurile reci (în definitiv, asortate cu anotimpul invernal, nu?).

Machiajul pe bază de roșu – evident, este vorba despre buze: rujuri în diverse nuanțe de roșu, obligatoriu în ton cu unghiile lucioase și seducătoare.

Machiajul pe bază de glittere – se pot folosi glittere de orice culoare, important e ca machiajul să fie plin de strălucire; surprinzător, glitterele pot fi folosite atât pentru ochi, cât și pentru buze, îmbinând chiar nuanțe diverse pentru un efect unic.

Dacă însă alegeți petrecerile cu temă, atunci vă sfătuiesc să puneți totul pe aceeași linie – vestimentație, coafură, machiaj și... stare de spirit! Iar toate temerile vor fi alungate!

Fie că este vorba despre un party disco (anii '80), unul flower-power (anii '70), rock&roll (anii '50 –'60), black&white ori Cotton Club (anii '20 –'30), așa cum studiați pentru a vă alege vestimentația potrivită, vă rog să mergeți la detalii și să aflați și tendințele perioadei respective în ceea ce privește machiajul și coafura.

Însă nu omiteți nicio clipă că este vorba despre sărbătoare, iar strălucirea este esențială – alegeți un make-up potrivit cu tema petrecerii, obligatoriu plin de eleganță și lumină, asezonați-l cu accesoriile potrivite și vă garantez o seară absolut fabuloasă. Pentru a nu da greș în astfel de ocazii, vă sfătuiesc să apelați la un make-up artist, anunțându-l din timp care e tematica petrecerii. E mai sigur ca la evenimentele deosebite din viața voastră să beneficiați de talentul unui profesionist. Mai sigur și cu rezultate cu adevărat spectaculoase.

Atât în ceea ce privește machiajul tematic.

Să trecem acum la un machiaj mai puțin obișnuit, cel de tip fantezie, pentru show-uri. S-ar putea să vă prindă bine câteva sfaturi în legătură cu acesta, mai ales dacă aveți fete, care adeseori confundă noțiunile.

Ca tehnică de realizare, machiajul de show se apropie foarte mult de machiajul de teatru, deoarece este privit de departe, fiind așezat în lumina reflectoarelor, pe o scenă. Așadar, el va fi intens și contrastant.

În acest tip de machiaj, în general dorim ca tenul să fie foarte luminos, iar umbrele sunt intense (se folosește tehnica strat peste strat, în tonuri închise). Ochii se măresc la maximum, completând ulterior machiajul lor prin aplicarea de gene false. Dacă este vorba despre o prezentare de modă, culorile alese pentru jocul de lumini și umbre vor fi întotdeauna cât mai constrastante, dar suficient de neutre pentru a fi în acord cu toate tonurile ținutelor pe care le va purta manechinul. La acest tip de machiaj de show, de podium, machiajul este realizat întotdeauna în colaborare cu designerul care a creat colecţia, pentru unitate şi pentru a respecta spiritul acesteia. La fel se procedează și în cazul coafurii. Anumite machiaje sunt exagerate, folosind tehnica supradimensionării – ochi, gene, pomeți, buze – pentru a transmite mesajul colecției cât mai bine și corect, livrând informația către public așa cum și-a dorit creatorul.

De exemplu: dacă o colecție este inspirată de anii '30, machiajul va trebui să sugereze aceeași epocă (alb, negru, tonuri de maro, griuri – culori neutre). Anii '70 sunt evocați prin culori vii, stridente, albastru electric, verde, lila, roz. De aici și obligația make-up artiștilor profesioniști de a cunoaște bine istoria machiajului și de a consulta documente despre epoca respectivă, pentru a putea realiza un machiaj corespunzător, în armonie perfectă cu spiritul acelor vremuri – și pe care-l așteaptă de la el creatorul colecției.

În linii mari, la fel trebuie executat machiajul și dacă este vorba despre un spectacol de operă, balet, teatru, în acord cu timpul în care se întâmplă acțiunea, respectând linia costumelor, obiceiurile în machiaj, coafură și, mai ales, dorința regizorului, scenografului și a creatorului de costume.

Așadar, nu folosiți „armele“ machiajului de scenă în viața de zi cu zi, chiar dacă ocazia ar fi o nuntă. Machiajul de ocazie, festiv, nu este același lucru cu cel de show.

Iar o femeie modernă, frumoasă și puternică, trebuie să știe să facă aceste diferențe.

Automachiajul – un element esențial pentru femeia modernă

Așa cum există momente speciale în viața noastră când mâna sigură și experimentată a unui make-up artist face minuni, există totuși și zilele obișnuite – cele mai multe! –, când chipul nostru trebuie să arate impecabil. Nu ne permitem să apelăm zi de zi la un specialist, oricâți bani am avea. Pentru că și specialiștii, chiar dacă ar locui cu noi în casă, mai au și alte lucruri de făcut, nu numai să ne dădăcească încontinuu. Eu cunoșteam o doamnă (nu dau nume, persoană importantă!) care apela la un make-up artist cât era ziulica de lungă, uneori și de două ori pe zi, dimineața și seara. Doar că erau zile când nu arăta deloc bine, iar misterul a fost simplu de elucidat: erau exact diminețile când make-up artistul ei mai avea și alte treburi de făcut și o refuza. Desigur, doamna avea o situație materială excepțională, altfel nu ar fi avut cum să facă asta, să aibă aproape mereu la dispoziție un make-up artist. Și, de câte ori îmi citea mirarea mută în ochi, mereu găsea de cuviință să-și explice cheltuielile exorbitante cu machiajul: „Ce să fac, draga mea, dacă nu mă pricep?"

I-am spus de fiecare dată că și-ar putea încerca talentul și îndemânarea apelând la niște cursuri de automachiaj, care sunt automat personalizate, și că un specialist i-ar putea explica și exemplifica ce are de făcut ca să arate perfect în fiecare dimineață fără a mai depinde de altcineva. Iar dacă găsește că e prea complicat să învețe și machiajul de ocazie, în acele cazuri poate apela la un make-up artist, pentru că nu iese în fiecare seară undeva, dar e crunt ca aspectul ei de zi cu zi să depindă întotdeauna de cineva.

După multe lupte duse de fapt cu spaima ei că este neîndemânatică și că e incapabilă de a se machia singură, am reușit să o conving și a acceptat să o învăț cum să se aranjeze la începutul fiecărei zile – și să o facă și foarte bine. Astăzi își face ora de sport, iar după micul dejun, înainte de a pleca spre biroul de unde-și conduce cu talent toate afacerile, cu la fel de mult talent se machiază impecabil și pornește cu zâmbetul pe buze spre toate provocările care o așteaptă de-a lungul întregii zile.

Își cunoaște perfect tenul și morfologia feței, își pune în evidență toate atuurile și-și estompează discret toate neajunsurile ce țin de ten sau de structura chipului. Nu mai depinde în fiecare zi de cineva, iar programările pentru machiaj, atunci când vreo ocazie specială o cere, sunt ceva normal, ca pentru fiecare femeie care se respectă.

Economisiţi-vă banii și gândiți-vă că propria imagine este cartea voastră de vizită din fiecare zi. Un curs de automachiaj vă va ajuta să vă înțelegeți structural chipul, cum să vă estompați defectele, cum să vă subliniați fiecare calitate naturală, fie că ține de forma ochilor, a pomeților sau a buzelor. Un curs de automachiaj vă va ajuta să aflați care sunt produsele esențiale pentru trusa voastră, economisindu-vă banii cheltuiți haotic pe niște mărfuri ce nu vă sunt de niciun folos. Un curs de automachiaj vă va ajuta să aveți mereu un chip îngrijit, bine conturat, pus în valoare armonios de un machiaj personalizat, și toată „școlarizarea" se va petrece exact când timpul v-o va permite.

Încercați să vă apreciați, să vă respectați și învățați în același timp să vă economisiți și banii. Veți fi, în acest fel, mereu frumoase, mereu în pas cu femeia modernă, puternică și emancipată a vremurilor pe care le trăim.

Mituri despre machiaj

Machiajul provoacă probleme de ten?

Dacă, până acum, mama sau bunica v-au povestit că machiajul provoacă probleme de ten, e timpul să le contraziceți – evident, cu tot respectul. O importanță deosebită pentru sănătatea pielii o are demachierea corectă, produsele de machiaj folosite și o îngrijire atentă a tenului cu ceea ce-i priește. Dacă aceste lucruri nu sunt respectate, da, tenul va avea de suferit. Dar nu din cauza machiajului!

Când alegeți nuanța fondului de ten, faceți proba de culoare pe mână?

Greșit. În realitate, bărbia și zona maxilarului inferior dinspre gât sunt punctele cele mai indicate pentru alegerea culorii corecte a fondului de ten – nuanță ce trebuie să fie mai apropiată de culoarea pielii gâtului, nu de a feței. Pielea de pe față e zona cea mai expusă soarelui, deci culoarea ei va fi mereu diferită de cea de pe restul corpului. Așadar, proba nu se face pe mână, nu se face pe față, ci pe bărbie.

Ați auzit că mascara rezistent la apă este produsul perfect pentru gene?

Nu e chiar așa. Acesta este indicat doar în anumite situații, iar folosirea lui zi de zi v-ar putea afecta calitatea genelor.

Folosiți doar o singură nuanță de fard de obraz?

E o greșeală, deoarece culoarea tenului se modifică de la un anotimp la altul și devine incorectă folosirea unei singure tonalități de blush.

Știați cumva că umbrele realizate cu fardul de pleoape trebuie să fie asortate la nuanța irisului?

E mai mult decât un mit fals, e o greșeală. Fard de pleoape verde + ochi verzi = monotonie. Fard de pleoape albastru + iris albastru = plictiseală. Ca să nu mai spun că ceea ce e prea mult nu e întotdeauna și frumos. Iar acest lucru este valabil pentru orice culoare de iris. Rolul umbrelor este să evidențieze nuanța ochilor, nu să o estompeze. Alegeți farduri care să fie în contrast cu irisul. Întotdeauna ochii verzi sau albaștri vor fi evidențiați de tonurile mov, roz, aubergine, oranj sau nuanțe metalice. În cazul ochilor căprui, poți alege orice culoare de fard, cu condiția ca aceasta să fie ori mai deschisă, ori mai închisă decât irisul.

Produsele de machiaj nu au termen de expirare?

Fals. Din momentul în care le folosiți pentru prima oară, produsele cosmetice merg cu pași siguri către data scadenței. Dacă nu veți găsi această dată inscripționată pe ambalajul produsului, controlați-i consistența, mirosul și aspectul. În cazul în care vi se pare ceva suspect, nu le mai folosiți. În general, mascara poate fi folosită cam 3 luni, fondul de ten – un an, rujurile – 18 luni și eyelinerele lichide – cam 6 luni.

Produsele folosite pentru machiaj nu se murdăresc.

Încă un mit fals. Și dăunător. Fardurile de pleoape, pensulele, vârfurile creioanelor trebuie să fie curățate periodic, pentru eliminarea bacteriilor.

Vi s-a spus că rujurile roșii sunt pentru toată lumea?

Cu tot respectul, dar nu prea sunt chiar pentru oricine. Dantura celei care alege rujul roșu trebuie să fie impecabilă și albă, nu gălbuie, iar buzele să nu fie foarte subțiri – un ruj roșu folosit pe buze subțiri le subțiază și mai mult.

Apa pulverizată poate reîmprospăta machiajul?

Nu este adevărat. Apa pulverizată poate reîmprospăta sau fixa machiajul. Asta ar putea doar să-i ruineze aspectul uniform și compact, ajutându-l mai curând să se... scurgă.

Fondul de ten și pudra acoperă ridurile?

Ce greșeală să crezi așa ceva! Efectul este exact invers. Produsul se adună în pliurile pielii la fiecare contracție a mușchilor faciali, iar ridurile vor deveni mai evidente atunci când stratul de fond de ten sau pudră este mai gros. Specialiștii recomandă ca stratul de fond de ten să fie cât mai fluid.

Fondul de ten este mai ușor de folosit dacă se amestecă cu un produs pentru demachiere?

Mit ușor de demolat: acțiunea specifică demachiantului este îndepărtarea cu ușurință a stratului de fard. Deci, nu. Mult mai eficientă este amestecarea fondului de ten cu foarte puțină cremă hidratantă sau aplicarea produsului pe pielea umedă.

Conturarea în culori închise a buzelor și folosirea unui ruj mai deschis cu multe tonuri ajută buzele să pară mai pline?

Nimic mai fals! Este nenatural, este vulgar. Este mult mai indicată folosirea unui creion de contur mai deschis decât rujul, așa vei evita situația neplăcută ca rujul să se șteargă, ia conturul să devină foarte evident, vizibil. Pentru ca buzele să pară mai cărnoase, alege rujuri deschise la culoare, ușor sidefate sau glossuri lucioase.

Doar mascara sau creionul contur negru accentuează pleoapele și pune în evidență nuanța irisului?

Total greșit. Tonurile de maro, gri antracit sau aubergine sunt perfecte pentru accentuarea privirii. În plus, sunt mai potrivite pentru machiajul de zi și trebuie folosite mai ales dacă ochii au asimetrii vizibile sau pleoapele sunt ușor ridate. Negrul intens accentuează imperfecțiunile și, folosit în exces, dă chipului un aspect îmbătrânit.

Înainte de aplicarea de mascara trebuie să folosim ondulatorul de gene?

Nu vă sfătuiesc. Folosit frecvent, acest accesoriu face mai mult rău decât bine, genele devenind fragile și rupându-se ușor. Dacă alegi mascara pentru volum, curbare și alungire și-l aplici prin mișcări în zigzag, vei obține gene perfecte.

Genele false dau mai multă expresivitate ochilor.

Nu întotdeauna. Genele false trebuie folosite cu măsură și doar dacă sunt de calitate. Dacă sunt prea lungi, groase sau dese, dau privirii un aspect nenatural. Și nu ne dorim efectul acela de ochi de sticlă pe care-l au păpușile...

Să vă fie de folos!

3

Tenul și sănătatea

Tipuri de ten

V-ați gândit vreodată la câte agresiuni ne este expus chipul?

Tenul, mai mult decât orice altă parte a pielii, este angajat într-o permanentă luptă cu factorii externi cei mai dăunători: frigul, soarele, vântul și poluarea. Asta dacă nu punem la socoteală și faptul că pe fața noastră se reflectă tot ceea ce simțim, toate stările sufletești: bucuria, tristețea, durerea, stresul și celelalte emoții. Sigur că toate fac parte din viață, dar, în același timp, toate lasă semne adânci pe obrazul nostru, pe frunte, în jurul ochilor și al gurii.

Iată de ce tenul necesită și merită o îngrijire atentă și corectă. Pentru că asta ne ajută să ne menținem intactă frumusețea, să le arătăm mereu celor din jur o piele relaxată și luminoasă indiferent de vârstă, stare de spirit sau anotimp.

Vara sau iarna, din cauza temperaturilor ridicate sau extrem de scăzute, a radiațiilor solare, a prafului și a impurităților prezente în atmosferă, vă recomand, în calitate de esteticiană, să acordați o atenție sporită îngrijirii tenului. Asta nu înseamnă că primăvara sau toamna ne putem permite să-l neglijăm!

Demachierea, atât seara, cât și dimineața, este obligatorie indiferent de anotimp. Evident, produsele folosite – demachiant și loțiune tonică (nu folosiți produse ce conțin alcool!) – trebuie să fie adaptate fiecărui tip de ten în parte, așa cum vi le voi descrie mai jos.

De asemenea, doresc să subliniez importanța unui produs de demachiere de ultimă generație și care nu ar trebui să ne lipsească din trusa de îngrijire: loțiunea micelară.

Apa micelară este o soluţie demachiantă ce nu necesită clătire nici înainte şi nici după folosire. Ea conţine mici particule de micele (structuri moleculare de formă sferică) ce, în contact cu praful, machiajul sau sebumul, absorb murdăria şi o încorporează în interiorul lor, lăsând fața curată și eliberând-o de impurităţi. Şi toate acestea fără a usca sau deteriora tenul. Loţiunile cu apă micelară pot fi folosite atât pentru curăţarea tenului, cât şi pentru ochi, gât şi decolteu, îndepărtând chiar şi urmele de machiaj rezistent la transfer. Veţi constata că apa micelară are şi rol de calmare a tenului sensibil, previne apariţia cuperozei şi înlocuieşte cu succes loțiunea tonică, lăsând în urmă o piele catifelată şi luminoasă.

Tot în vederea protejării tenului în zilele însorite, vă recomand să folosiţi produse cu factor maxim de protecţie solară (SPF 50+). Din nefericire, cancerul de piele este forma cea mai întâlnită de cancer în România ultimilor ani. Petele maronii prezente pe piele sunt zone hiperpigmentate şi apar din diverse motive. Ele pot fi de mai multe feluri:

– cloasme (pete de formă neregulată, asimetrice, de culoare brună-cenuşie, situate pe frunte, obraji, bărbie). Cloasma este o reacţie de fotosensibilitate ce apare la femei care iau anticoncepţionale orale sau la femeile gravide; foarte rar apare la bărbaţi. Mai este cunoscută sub numele de „mască de sarcină".

– melasme (repercusiune a expunerii neprotejate la soare, de obicei la orele nepotrivite).

Vă mai recomand ca în general să consumaţi multe lichide, pentru o hidratare corespunzătoare a pielii, mai ales vara. Să vă hrăniţi în general cu alimente uşoare, în special legume şi fructe, şi să aduceţi în viaţă voastră, pe timpul verilor caniculare, spray-urile cu apă termală. Sunt indispensabile atât pentru a vă revigora tenul suprasolicitat de căldură, pentru a-l proteja de radiaţiile solare, cât şi pentru prevenirea iritațiilor şi calmarea tenului.

Pentru o protecţie perfectă este *absolut necesar* să ştim ce tip de ten avem şi cum putem să ne protejăm, în afară de regulile generale expuse mai sus.

Tipurile de ten pot fi clasificate în patru mari grupe:

- *Ten uscat, descuamat*. Poate fi în acelaşi timp sensibil sau normal-uscat.
  - se recunoaşte uşor după zona T normală, restul tenului fiind deosebit de uscat;
  - este, în general, o piele matură, mai puţin elastică şi fără pori deschişi;
  - are nevoie de fluide hidratante şi un fond de ten cu efect de lifting;
  - produsele folosite ar trebui să aibă o textură pigmentată (hidratantă) şi să fie sub formă de lichid sau spumă;
  - se folosesc creme bogate în emolienți.
- *Ten mixt (normal-mixt)*
  - este un ten uniform, nici gras, nici uscat, catifelat;

– uşor de recunoscut după faptul că în timpul verii zona T este lucioasă;
– are nevoie de produse cu pH neutru;
– este indicat fondul de ten-cremă, cu aspect de pudră;
– pielea trebuie protejată zi de zi cu o cremă non-grasă, cu acţiune opacizantă, iar seara cu o cremă nutritivă de noapte, nu foarte grasă.

Ten gras

– se recunoaşte foarte uşor după porii dilataţi;
– are foarte multe puncte negre;
– este predispus spre acnee;
– luceşte mereu, indiferent de anotimp;
– este un ten extrem de elastic şi de aceea îmbătrâneşte cel mai greu;
– toate tratamentele aplicate trebuie să fie sărace în grăsimi;
– produsele folosite, cu formule nongrase, trebuie îmbogăţite cu substanţe care absorb sebumul;
– se folosesc produse care nu generează puncte negre;
– e nevoie de un fond de ten lichid sau fluid, obligatoriu nongras;
– mai sunt indicate produse – fond de ten – pe baza de apă pan-cake şi cu aspect de pudră 2 în 1;
– toate produsele folosite trebuie să reducă excesul de sebum pe care acest tip de ten îl produce zilnic.

Ten sensibil

– pielea se irită foarte uşor;
– are un colorit spre rozaceu;
– este sensibil la multe produse;

– are tendinţă de îngrăşare;
– după pensat devine roşu;
– porii sunt deschişi;
– pielea este subţire, delicată, se îmbujorează repede;
– trebuie folosite produse hipoalergenice, inodore, fără alcool;
– este recomandat un fond de ten lichid, pe bază de apă;
– produse cât mai naturale, creme inodore, care nu irită tenul.

Vă garantez că, urmând recomandările de mai sus şi mergând în mod regulat la cosmeticiana dumneavoastră, veţi avea un ten perfect pe toată durata anului, indiferent de intemperiile la care pielea voastră va fi supusă.

Alimentația corectă pentru un ten sănătos

Poate că nu suntem chiar 100% ceea ce mâncăm, deși alimentația contează foarte mult – pe lângă moștenirea genetică, mediul în care trăim și obiceiurile dobândite –, dar un lucru e cert: dacă cedăm în fața festinelor pantagruelice, excesele unor mese îmbelșugate repetate și prost gândite la nivel de concept alimentar se vor răzbuna și, astfel, ni se vor citi perfect și pe chip, nu numai în buletinele de analize medicale. Pentru că frumusețea noastră se hrănește la rândul ei și cu alimentele pe care le ingerăm, și cu lichidele cu care ne hidratăm. Iar dacă pe lângă alimentația incorectă mai punem la socoteală și zilele pline de stres, și nopțile în care adormim în fața computerului, atunci ne putem da seama foarte ușor din ce cauză suferă tenul nostru.

Ar trebui să știm că o piele sănătoasă și luminoasă are nevoie fundamental de o dietă echilibrată, ca întregul organism de altfel. Și că acizii grași esențiali, antioxidanții și mineralele corect dozate într-o alimentație nu numai rațională, ci și pe placul papilelor noastre gustative, sunt fundația pe care ne putem sprijini toate demersurile în îngrijirea pielii, pentru a ne bucura de un ten tânăr, proaspăt, curat și strălucitor.

Cum pregătirea mea este nu numai de make-up artist, ci și de estetician, o să enumer câteva noțiuni de bază ale alimentației sănătoase pentru un ten frumos.

Pentru o piele moale, ca de bebeluș, ar trebui să consumăm mai multe alimente bogate în vitamina C: căpșuni, citrice, kiwi, ardei gras, broccoli. Vitamina C este vitală în producerea și formarea colagenului, proteina care ajută și menține în bună stare structura pielii. În procesul de îmbătrânire, organismul nostru își diminuează producția de colagen, iar pielea se subțiază, favorizând apariția ridurilor. Dar contribuția alimentelor bogate în vitamina C ne va ajuta tenul să rămână elastic și va diminua apariția inestetică a semnelor de îmbătrânire.

De exemplu, dacă după o dietă prelungită și dezechilibrată pielea are un aspect obosit, lipsit de fermitate, de parcă celulele epidermei au fost „golite", iar țesuturile sunt vizibil „subnutrite", formarea ridurilor și lipsa de fermitate a pielii sunt o consecință inevitabilă și, singure, produsele cosmetice nu ajută. Așadar, când ne modificăm obiceiurile alimentare, fie pentru a pierde în greutate, fie în dieta zilnică, e absolut necesar să consumăm fructe și legume proaspete – mai ales în lunile de primăvară, vară și toamnă, când natura este generoasă, menținând astfel hidratarea corectă a pielii, implicit a elasticității sale, conservându-i în acest mod aspectul tânăr și tonic. Trebuie să integrăm în alimentația zilnică hrană ce combate radicalii liberi.

Pentru o piele puternică, bine îngrijită, moale și fină, cei patru aliați de bază sunt:

- antioxidanții, care au în grijă tinerețea celulelor; se găsesc în varză, broccoli, roșii, mere, pere, căpșuni, pepene galben, struguri, caise;
- bioflavonoidele, care încetinesc degenerarea țesuturilor; se găsesc în soia, fasole, varză de Bruxelles, măsline;
- apa și ceaiurile, care hidratează eficient țesuturile;
- fibrele, care favorizează funcționarea digestiei și a intestinului gros, curățând organismul și evitând

acumularea de toxine; se găsesc în pâinea integrală, în fructe, legume, cereale.

Pentru activarea protecției naturale împotriva efectelor nocive ale razelor de soare e bine să consumăm migdale, semințe de floarea soarelui, ulei de măsline – toate fiind bogate în vitamina E, un puternic antioxidant liposolubil și esențială pentru om.

Pentru o *piele tonifiată* și pentru a ne bronza frumos și sănătos, legumele roșii sau cu frunze verzi sunt de bază. Morcovii și spanacul sunt bogate în antioxidanți și betacaroten, iar corpul nostru le prelucrează în vitamina A, cea al cărui efect pozitiv este producția și reînoirea celulară. Plus că vitamina A poate diminua sensibilitatea pielii la razele solare.

Pentru a menține aspectul tânar al pielii avem nevoie de alimente cu un conținut mare de fier și zinc. Stridiile, carnea albă și roșie, diversele tipuri de cereale integrale – germeni de grâu, floarea-soarelui, dovleac, susan, semințe de mac – sunt bogate în zinc, iar fierul poate fi găsit în carne, pește, fasole, tofu și năut. Antioxidant puternic, zincul contribuie la producerea de celule, pe când fierul este fundamental pentru corp deoarece globulele roșii dau oxigen pielii.

Pentru combaterea ridurilor avem nevoie de Omega 3, acizii grași esențiali pentru integritatea membranelor celulare. Indicați ca vitamina F, îi găsim în principal în pește, în celebra untură de pește din copilărie, în crustacee, nuci și în uleiurile vegetale. Acizii grași au capacitatea de a combate procesele inflamatorii de la nivelul pielii, ne protejează de efectele negative ale soarelui și luptă împotriva stresului combătând radicalii liberi, cei ce contribuie la îmbătrânirea tenului.

O să vă întrebați cum putem *diminua efectele nedorite ale acneei*. Ei bine, consumul de cereale și, în general, de carbohidrați integrali ne poate ajuta. O dietă cu indice glicemic redus, fără alimente rafinate, poate reduce imediat acneea, probabil pentru că alimentele de acest fel mențin insulina stabilă, în timp ce carbohidrații rafinați și zaharurile pot fi responsabili de dereglarea ei – ceea ce duce și la apariția coșurilor.

La final, chiar dacă toți știm asta, niciodată nu e prea mult să o reamintim: pentru o *piele frumoasă* hidratarea este de bază. Beți apă! Doi litri pe zi. Celulele sunt compuse în principal din apă, iar lipsa ei duce la deshidratare. Și asta se vede imediat în indicele de sănătate al tenului, printr-o majoră descuamare și uscare.

În afară de apă, ceaiurile sunt extrem de bine primite de către piele, în special ceaiul verde, date fiind proprietățile sale antiinflamatorii și de dezintoxicare. Iar vara nu pierdeți ocazia de a vă bucura de fructele și legumele bogate în apă: pepene roșu, pepene galben, castraveți, salată, roșii.

Un lucru e sigur: dacă o vom trata cum se cuvine, printr-o alimentație corespunzătoare nevoilor ei, pielea ne va fi recunoscătoare și ne va recompensa strălucind de frumusețe.

Iar abia după ce ne-am asigurat de sănătatea tenului ne putem bucura și de produsele noastre cosmetice, ca și de rezultatele fabuloase ale unui machiaj reușit.

Un machiaj impecabil nu va avea niciodată șanse să fie o reușită la modul absolut dacă sănătatea pielii nu este una optimă.

Cosmetica, un rău necesar?

Mi-a plăcut mereu să fiu îngrijită și cochetă, iar asta o pot confirma toți oamenii care mă cunosc personal. N-am lăsat nimic la voia întâmplării, pe principiul „Și-așa nu mă mai alege nimeni". Pentru că mereu mi-am dorit să mă plac eu, în primul rând. În consecință, foarte mulți dintre aceia care mă știu mă întreabă ce și cum fac să arăt atât de bine... la vârsta mea.

Lucrurile nu sunt deloc complicate și vă voi dezvălui imediat secretele – nu voi puncta cu degețelul arătător bine întins înspre ereditate și apoi voi înclina din cap cu modestie, exceptându-mă de la meritele pe care le am în mod cert pentru felul cum arăt. Asta pentru că nu-mi plac nici aceia care suferă de modestie neautentică, nici aceia care fac pe umilii fără să fie astfel, falsând grosolan și având, în ascuns, o grămadă de pretenții asupra lucrurilor pe care altfel le neagă.

Eu sunt mândră să-mi asum că merit felul în care arăt! Dar nu numai pentru că am o moștenire genetică foarte bună, ci și pentru că am înțeles foarte devreme că este esențial să respect câteva lucruri elementare: să am o alimentație corectă, să mă odihnesc suficient și să nu mă neglijez niciodată, să am parte mereu de o îngrijire intensă, cu produsele adecvate tipului meu de ten. Iar asta ar trebui să facă fiecare femeie care se iubește, se respectă și-și rezervă dreptul la un binemeritat răsfăț.

Faceți un efort, dragele mele, mergeți lunar la un tratament cosmetic – la un cabinet respectabil, unde igiena este cuvântul de ordine laolaltă cu profesionalismul; vorbesc în cunoștință de cauză, v-am mai spus deja că sunt esteticiană la bază, înainte de a fi un make-up artist ascultat și respectat. Contează enorm!

Și nu vă amăgiți că să arăți bine e doar o chestiune de bani. Pentru că nu este. Renunțați la ceva – fumați mai puțin sau chiar deloc, dispensați-vă de cheltuielile inutile, reduceți numărul de cumpărături neesențiale: nu aveți nevoie cu adevărat de a cincea pereche de sandale sau a zecea rochie. Pentru că nu le veți simți real lipsa. O rochie poate aștepta zile în șir în dulap pentru a fi scoasă în lume, însă ne purtăm chipul cu noi zi de zi, 24 de ore din 24.

Așadar, tratamentul cosmetic este obligatoriu pentru femeia zilelor noastre. Fără acesta, tenul vostru îmbătrânește prematur, se ofilește, se ridează, se deteriorează. Iar fără o diagnoză corectă a pielii și un tratament personalizat, simpla baie de aburi deasupra aragazului și extracția comedoanelor în oglinda din baie nu vă rezolvă problemele pe termen lung. Și nici măcar pe termen scurt – veți avea doar fața inflamată și, mai târziu, plină de cicatrici.

Nu vă bazați doar pe machiaj: produsele de make-up, oricât ar fi ele de bune, nu pot substitui grija permanentă pe care ar trebui să o avem față de chipul nostru. Și nimic nu poate înlocui un ten sănătos, luminos, strălucitor, mai ales că machiajul de zi trebuie să fie mereu unul elegant, discret, natural.

O vizită la un cabinet specializat costă mult mai puțin decât o ieșire în club, de exemplu. Sau mai puțin decât o seară în oraș cu prietenele.

Există tratamente revoluționare care pot prelungi prospețimea unui chip, există tehnici noninvazive de conservare a tinereții pielii. Pentru că trebuie să fiți frumoase cât mai mult timp cu putință. Pentru voi, dar și pentru aceia care vă iubesc.

Și vă rog să nu uitați: meritați felul în care arătați. Așadar, îngrijiți-vă frumusețea! Nu evitați cabinetele cosmetice, iar dacă tenul vostru are probleme deosebite, mergeți cu încredere la cabinetele dermato-cosmetice. Nu vă dați fața pe mâna oricui, mergeți la profesioniști adevărați, unde igiena e la loc de cinste, unde profesionalismul își spune cuvântul mai înainte de orice altceva. Iubiți-vă tenul, îngrijiți-l. Urmați sfaturile profesioniștilor în domeniu, cumpărați-vă întotdeauna produsele adaptate tipului vostru de ten, demachiați-vă în fiecare seară, protejați-vă tenul. Ca să-l păstrați într-o stare de sănătate bună cât mai mult timp cu putință. Și dacă aveți impresia că tratamentele cosmetice sunt un rău necesar, vă contrazic: sunt un bine necesar și fără de care tenul nostru ar putea suferi pierderi iremediabile.

Îngrijirea tenului masculin e un moft?

Îngrijirea tenului masculin nu numai că nu este un moft, ci este o necesitate deoarece și bărbații, ca și noi, femeile, trec prin schimbări hormonale și sunt expuși factorilor nocivi din atmosferă. Prin urmare, și tenul lor, ca și fața femeilor, are nevoie de respect și atenție. Însă, evident, cerințele de îngrijire pentru ei sunt diferite din mai multe motive.

În primul rând, tenul bărbaţilor este cu cel puţin 15% mai gros decât cel al femeilor, iar pielea lor este mult mai bogată în glande sebacee. Acesta e și motivul pentru care pielea bărbaţilor este mai predispusă la acnee şi pete. Astfel că preocuparea unui bărbat pentru îngrijirea tenului său ar trebui să ţină cont de aceste particularități, folosind produse ce asigură pielii hidratarea de care are nevoie şi conţin mai puţine substanţe uleioase, pentru ca porii să nu fie încărcaţi excesiv.

Așadar, este ideal ca și bărbații, nu doar femeile, să folosească produse de curățare, hidratare și protecție a tenului.

Numai că e posibil ca, încă din adolescență, majorității bărbaților să li se fi indus ideea că ei nu au nevoie decât de apă și săpun pentru a fi curați, îngrijirea fiind o meteahnă strict feminină și aflată sub demnitatea lor.

Nimic mai greșit. Curățarea, exfolierea, hidratarea și bărbieritul sunt soluția câștigătoare pentru ca și domnii să se bucure de o sănătate binemeritată a pielii.

Primul pas ar fi achiziționarea unei ape micelare sau a unui produs de curățarea a pielii adaptat tipului lor de ten, care va ajuta la curățarea în profunzime a porilor feței și la eliminarea celulelor moarte. Atenție, dragi domni, nu folosiți un săpun la întâmplare, care v-ar putea usca tenul, iritându-l. Încercați să vă găsiți un produs de curățare din substanțe naturale, fie că aveți un ten uscat, gras, mixt sau normal. Dacă ați ales un detergent cosmetic, este suficient să-l folosiți o singură dată pe zi, altfel v-ați putea usca pielea. Dacă doriți să vă reîmprospătați fața, este suficient să o faceți cu apă. Nu folosiți apă caldă, ea usucă pielea. Apa rece sau călduță este perfectă. Fața trebuie uscată apoi cu un prosop curat, fără să frecați energic pielea. În timp, dacă o tratați cu brutalitate, pielea poate deveni flască.

O altă metodă recomandată este exfolierea săptămânală a pielii cu ajutorul unui scrub pentru față. Acestă procedură simplă, ușor de făcut acasă de către oricine, va ajuta tenul masculin să arate sănătos și luminos, eliminând celulele moarte și curățând bine porii deschiși. Totodată, scrubul va pregăti tenul în vederea bărbieritului, pentru că va înmuia bine atât pielea, cât și firele de păr ce urmează a fi eliminate, favorizând o radere a lor mai confortabilă, implicit lipsită de iritații. Exfolierea se face cu mișcări circulare, delicate, apoi produsul folosit se clătește, eliminându-l de pe piele împreună cu impuritățile pe care le-a curățat. Apoi fața se usucă lejer cu un prosop, prin tapotare.

Bărbații ar trebui să folosească zi de zi, dimineața și seara, și un produs hidratant, imediat după curățare. Pielea își va păstra astfel elasticitatea, va fi protejată mai bine de iritații și nu se va deteriora, îmbătrânind înainte de vreme. Această cremă hidratantă trebuie aleasă întotdeauna în funcție de tipul de ten – gras, uscat, mixt, sensibil.

Nu o să mă gândesc că voi irita sensibilitățile masculine dacă vă sfătuiesc să folosiți și o cremă hidratantă pentru ochi și eternul „strugurel“ pentru buze. La fel ca la femei, zona din jurul ochilor și pielea buzelor nu posedă multe glande sebacee și au tendința de a se usca, ridându-se (ochii) sau crăpându-se cu ușurință (buzele).

O parte importantă din ritualul îngrijirii tenului masculin o constituie însă bărbieritul. Domnilor, indiferent că vă place o față perfect lipsită de pilozități sau iubiți mustața ori barba, e necesar să vă bărbieriți cât mai des și corect. Pentru aceasta, folosiți un aparat de ras de foarte bună calitate și nu vă bucurați de economia pe care ați face-o cumpărând un aparat de ras ieftin. Pielea va resimți un confort sporit dacă veți utiliza un aparat proiectat pentru o radere corectă și uniformă, fără surprize legate de calitatea lamelor.

În pregătire, spălați-vă fața cu apă călduță. Căldura apei vă va înmuia mai bine pielea și firele de păr, simplificând operațiunea. În același timp, e important să vă curățați bine tenul înainte de bărbierit, pentru a elimina impuritățile și bacteriile prezente la nivelul pielii în caz că vă tăiați accidental în timpul bărbieritului. Aplicați apoi o cremă de ras pe fața umedă – va ajuta la lubrifierea feței și, astfel, aparatul de ras va aluneca mai ușor. Nu vă bărbieriți când pielea e uscată și fără cremă de ras; excepție face, desigur, aparatul electric pentru bărbierit. E de preferat să vă cumpărați o cremă de ras fără prea multe substanțe chimice – ce v-ar putea usca și irita tenul – și să o lăsați să acționeze câteva minute înainte a începe bărbieritul propriu-zis, pentru a înmuia bine și pielea, și perii. Astfel, nu va fi necesar să presați cu putere în timpul raderii, mai ales dacă lama e suficient de tăioasă. Executați mișcările mai întâi în sensul de creștere a firelor de păr, apoi în sens contrar, pentru un bărbierit sigur și eficace. Clătiți frecvent aparatul de ras în tot acest timp și țineți pielea bine întinsă, pentru o radere eficientă, cât mai aproape de rădăcina firelor de păr.

La final, clătiți bine fața cu apă rece și uscați-o cu un prosop curat, prin tapotare, fără să frecați puternic. Apoi aplicați o cremă hidratantă ce ameliorează iritațiile provocate de radere, evitându-le pe acelea ce conțin alcool, pentru că usucă și provoacă arsuri.

Iată, așadar, că și pielea bărbaților are nevoie de îngrijire, chiar dacă ea conţine mai mult colagen și își menține aspectul neted mai mult timp faţă de cea a femeilor. Totuşi, începând de la 35 de ani, fibrele de colagen încep să se deterioreze – câteodată chiar mai repede decât la femei – şi primele riduri își fac apariția. Produsele pentru îngrijirea pielii masculine cu ingrediente antiîmbătrânire şi formule speciale pentru zi şi noapte permit pielii să se relaxeze și o hidratează eficient, prevenind astfel efectele impurităților din atmosferă, dar și efectele timpului.

Revenind la doamne: dragele mele, tot ceea ce vă rămâne de făcut acum ar fi să-i convingeți pe bărbații din viața voastră să urmeze toate îndrumările de mai sus, spre binele tenului lor. Să le explicați de ce îngrijirea tenului masculin nu e un moft, ci o necesitate.

Și, spre bucuria voastră, dacă veți reuși (iar eu cred că da), veți avea alături un bărbat bine îngrijit, cu un ten și frumos, și sănătos!

Tratamente noninvazive de rejuvenare facială

Frumusețe pe muchie de bisturiu? Nu.

S-au inventat o mulțime de soluții pentru prevenirea și conservarea tinereții tenului și chipului nostru. Și, până la chirurgia plastică, procedură costisitoare și dureroasă, nu e mai bine să încercăm să păstrăm ceea ce avem prin aplicarea unor tratamente cosmetice profesionale, ajutor activ în păstrarea sănătății și fermității pielii noastre? Sigur că da. În plus, avem avantajul că trăim într-o epocă în care există deja o seamă de proceduri nonchirurgicale, noninvazive, nedureroase, cu riscuri minime sau inexistente. Și-atunci de ce nu ne-am bucura de binefacerile acestor descoperiri din industria medicală și de frumusețe?

Evident că voi lăsa acest subiect foarte interesant pe mâna unui profesionist, astfel că am apelat la doamna doctor Angelica Banu, medic specialist în chirurgie plastică, colaboratoare a clinicilor bucureștene Ponderas, Eliade, Zetta, Cutera, Medicum și a Centrului Medical Panduri, o persoană extrem de bine pregătită în acest domeniu. Ea vă va explica până în cele mai mici detalii metodele noninvazize de rejuvenare facială.

Un aspect foarte important în planificarea tratamentului de rejuvenare facială folosind tehnici noninvazive, respectiv injectarea botoxului şi a acidului hialuronic, este analiza facială. Faţa pacientei sau a pacientului este analizată începând de la tâmple, coborând treptat până la bărbie şi până în zona gâtului. În consecinţă, tratamentul este unul strict individualizat pentru nevoile fiecărui pacient.

Tratamentul cu botox (toxina botulinică)

Toxina botulinică este o proteină purificată care, dacă e injectată în muşchii feței, produce paralizia temporară a acestora. Prin relaxarea muşchilor, pielea care îi acoperă se destinde, iar ridurile se atenuează sau dispar.

Vârsta de la care se poate injecta botoxul variază în funcţie de tipul de piele al fiecărui pacient. În general, în cazul pacienţilor cu piele albă şi subţire, la care ridurile de expresie apar mult mai devreme decât în cazul pacienţilor cu piele mai închisă la culoare şi mai groasă, este recomandat ca tratamentul cu botox să fie efectuat în jurul vârstei de 20+ ani. De asemenea, este foarte important felul cum tratează pacienţii expunerea la soare, dacă folosesc creme de protecţie solară sau nu.

Indicații: Botoxul este indicat pentru toate zonele care prezintă riduri de expresie determinate de mimica facială:
- frunte
- între sprâncene
- colţul ochilor
- nas
- în jurul gurii
- benzile fibroase de la nivelul gâtului.

Tehnică: Procedura durează aproximativ 15 minute şi nu necesită anestezie. Produsul diluat se injectează în muşchii corespunzători cu ajutorul unei seringi cu ac foarte subţire.

Efecte secundare: Majoritatea efectelor secundare au legătură cu injecţiile şi pot consta în durere resimţită la injectare, înroșirea sau umflarea locului de injectare. Căderea pleoapei superioare cauzată de răspândirea substanţei în muşchii din apropiere este temporară. Riscul ca toxina botulinică să producă efecte nedorite la distanţă de locul de injectare este unul foarte mic.

Rezultate: După 5 – 10 zile de la injectare, efectul este complet instalat şi constă în atenuarea sau dispariţia ridurilor de expresie, cu un aspect relaxat şi odihnit al feţei.

Recomandări: Efectul durează în medie 4 luni, iar pentru menţinerea rezultatelor este necesară repetarea tratamentului. În cazul în care optaţi pentru nerepetarea procedurii, veţi reveni la aspectul anterior fără alte efecte negative.

Tratamentul cu acid hialuronic

Acidul hialuronic, substanţă întâlnită în mod natural în corpul uman, are proprietatea de a atrage apă în ţesuturi, prin aceasta contribuind la hidratarea pielii şi refacerea volumelor.

Refacerea volumelor este componenta cea mai importantă din cadrul tratamentului cu acid hialuronic deoarece, odată cu înaintarea în vârstă, se pierde din volumul tuturor structurilor faciale, pornind de la densitatea osoasă şi terminând cu pielea.

Indicaţii:

– refacerea volumelor: tâmple, pomeţi, buze, nas, bărbie, lobul urechii;
– tratamentul şanţurilor nazogeniene în treimea superioară (şanţurile dintre nas şi gură), al liniilor „marionetei" (şanţurile care coboară de la colţul gurii spre bărbie), al ridurilor de la nivelul buzei superioare;
– hidratarea pielii de la nivelul feţei, feţei anterioare a gâtului, decolteului şi dosului mâinilor;
– tratamentul cearcănelor.

Tehnică: Procedura este rapidă şi uşoară. Procesul de injectare se realizează sub anestezie locală, cu ajutorul unei canule (un ac mai lung cu vârful bont şi un orificiu pe partea laterală, în apropierea vârfului, care permite eliberarea acidului hialuronic), şi durează între 15 – 45 de minute, în funcţie de numărul zonelor care sunt tratate.

Efecte secundare: După injectare poate să apară o uşoară înroşire, umflare sau învineţire la nivelul zonei injectate. Aceste efecte secundare nu sunt de durată şi pot fi mascate cu ajutorul fardurilor obişnuite. Este recomandat să contactaţi medicul dacă aceste reacţii durează mai mult de o săptămână sau dacă apar alte efecte secundare.

Rezultate: sunt vizibile imediat. Efectul se menţine până la un an şi depinde de mai mulţi factori: vârstă, zonă injectată, cantitatea de substanţă injectată, calitatea pielii şi, nu în ultimul rând, modul de viaţă. Pentru menţinerea rezultatelor, tratamentul se poate repeta fără riscuri chiar dacă substanţa nu s-a resorbit complet.

Recomandări:

- Cu 10 – 14 zile înainte de tratament, evitaţi aspirina şi alte antiinflamatoare nonsteroidiene (cu efect analgezic, de scădere a febrei), informaţi-l pe medic cu privire la antecedente medicale, probleme actuale de sănătate sau alergii la medicamentele administrate.
- După tratament, evitaţi exerciţiile fizice solicitante, expunerea excesivă la soare sau căldură, precum şi băuturile alcoolice pentru o perioadă de 24 ore.
- În cazul reinjectării, precizaţi cu exactitate data şi numele produsului injectat anterior.

Cu drag,
cititoarelor Ancăi Rădulescu,
dr. Angelica Banu,
medic specialist în chirurgie plastică

Iată, așadar, că există deja modalități de reîntinerire a chipului și nu sunt legate neapărat de intervențiile chirurgicale, iar toate aceste descoperiri medicale ne vor ține cât mai mult timp departe de nevoia unui lifting facial chirurgical.

Important e să înțelegem corect și la timpul potrivit beneficiile unor astfel de proceduri, să ne adresăm întotdeauna unui medic avizat și bine pregătit și să acceptăm cu seninătate faptul că lucrurile se schimbă în bine atunci când știința lucrează pentru noi, inventând elixirele tinereții. Doamnă doctor Banu, vă mulțumesc cu tot dragul în numele cititorilor mei pentru lămuriri și pentru sfaturile logice și pline de învățăminte!

Cearcănele – eterna problemă!

Fie iarnă, vară, primăvară sau toamnă, anotimpurile care vin și pleacă cu pași haotici uneori, cu salturi și diferențe majore de temperatură și fenomene meteo imprevizibile, vă ruinează puțin încrederea în perfecțiunea tenului dumneavoastră. Iar ochii vă par în permanență obosiți și umbriți de griji. Cum orice problemă cosmetică are și o rezolvare, e absolut necesar să vorbim despre cearcăne, o chestiune stânjenitoarerpe care o reperăm ori de câte ori ne privim în oglindă.

Oricare ar fi tipul de machiaj pe care intenționăm să-l purtăm, ochii sunt punctul central al feței noastre, oglinda pe care o scoatem în lume și care le spune celor din jur extrem de multe despre noi, atât despre starea noastră de sănătate, cât și despre frumusețea noastră interioară. Nu întâmplător se spune că „Ochii sunt oglinda sufletului". Ochii reprezintă puterea și frumusețea unei femei. Numai că umbrele întunecate din jurul lor ne sting lumina din priviri și ne dau un aspect obosit și trist. Câteodată sunt o cruce de origine genetică pe care o purtăm, alteori sunt rezultatul unor nopți albe, însă aceste consecințe pot fi estompate întotdeauna.

Ochii noștri nu pot străluci cu adevărat și nu pot da naștere niciunui efect pozitiv întregului chip dacă cearcănele nu sunt bine tratate și, ulterior, acoperite. Cearcănele, doar ele singure, ne pot distruge armonia feței dacă sunt ori prea puțin, ori prea mult acoperite cu produse inadecvate de make-up (în paradoxal, surplusul de produse de make-up duce la un efect contrar celui scontat, făcându-le să devină mult mai vizibile).

Înainte de a trece la corectura optică a cearcănelor prin machiaj, este nevoie să știm cum putem să ne îngrijim de această parte esențială a chipului nostru. Mai întâi, iată câteva *posibile cauze* ale prezenței cearcănelor și a pungilor sub ochi:

⚜ Pielea de sub ochi este foarte fină și delicată. Odată cu trecerea timpului, se subțiază și mai mult, făcând vizibile vasele sangvine, ceea ce contribuie și mai mult la evidențierea cearcănelor. Lucrul acesta se poate agrava odată cu expunerea excesivă la soare fără protecție.

⚜ Prezența cearcănelor poate fi considerată și un semn al instalării unor alergii, mai ales pentru cei care suferă de sensibilitate la praf și polen. Iar pungile de sub ochi pot fi legate chiar și de unele alergii alimentare, agravate de mâncărimi și arsuri. Oamenii ce suferă de acest tip de probleme se recunosc ușor, având tendința de a-și freca ochii foarte des.

⚜ Retenția de apă dilată vasele sangvine din jurul ochilor, favorizând accentuarea cearcănelor. Dar și deshidratarea duce la același rezultat, așadar este foarte important să consumați o cantitate suficientă de apă în timpul zilei.

⚜ Prezența cearcănelor poate fi determinată și de o predispoziție genetică, pielea mai deschisă la culoare având parte de cearcăne mult mai evidente. Insomnia și odihna insuficientă sunt de vină în aceeași măsură.

⚜ Carența de fier, anemia, constituie și ea una dintre cauzele majore ale apariției cearcănelor.

⚜ Cearcănele pot avea și o cauză medicală severă: circulație sangvină deficitară, retenție de apă, boli de rinichi, anemie, afecțiuni cardiace sau pulmonare; în aceste situații vă recomand să mergeți de urgență la medic. Dacă ascundeți această problemă sub machiaj nu înseamnă că ați rezolvat-o.

aturale împotriva cearcănelor, recomand

ățiți-vă alimentația cu elemente cu un conți-
tioxidanți: pătrunjel, ceapă, legume în general,
ro… ste indicat și ceaiul verde sau negru, dar nu exa-
gerați. … itățile excesive contribuie la reducerea absorbției fierului și apariția anemiei.

Un alt element ce ajută la întărirea capilarelor este *vitamina C*. Pentru o asimilare zilnică a unei cantități corecte, consumați cât mai des portocale. Benefici sunt și morcovii, kiwi, sucurile de lămâie, căpșunile, roșiile, salata verde, ardeiul gras.

Pliculețele de ceai, după răcire, bine scurse, pot fi aplicate sub ochi, *atenuând astfel umflăturile și semnele de oboseală*. Cu 15 minute de relaxare în acest fel veți obține un rezultat satisfăcător.

Castraveții sunt de mare ajutor în estomparea cearcănelor. Felii de castraveți pot fi aplicate direct pe ochii închiși sau putem să le transformăm în suc. Este suficient să îmbibăm sucul pe batiste de hârtie sau comprese sterile și să le menținem pe ochi un sfert de oră.

Dacă cearcănele sunt cauzate de carențe de somn, unicul remediu este cel de a încerca *să dormiți mai mult*. Opt ore de somn pe noapte, începând cu orele 23.00, ajută organismul să se reîncarce cu energie, favorizând nașterea unor celule noi, mult mai sănătoase.

Ceaiul negru sau verde, relaxarea, măștile cu gheață pentru ochi, sucul de roșii pentru aceia care nu suferă de alergii, feliile de cartof și mai ales un echilibru alimentar just pot diminua mult formarea cearcănelor. Medicina chineză presupune că formarea cearcănelor ar fi în strânsă legătură cu un dezechilibru energetic la nivel renal, așadar alimentația și hidratarea corectă sunt esențiale.

Din punct de vedere cosmetic, pielea din jurul ochilor este zona cea mai sensibilă a tenului, de aceea trebuie să-i acordăm o maximă atenție. În jurul ochilor nu există glande sebacee, ceea ce îi conferă pielii un aspect uscat, nehidratat. Pentru contracararea acestui efect, nu uitați să folosiți creme hidratante speciale, atât seara, cât și dimineața. V-aș recomanda, din când în când, un tratament cu drenaj limfatic pentru zona cearcănelor. Acestă procedură șterge cearcănele, dezumflă pungile de sub ochi și netezește pielea datorită celor patru substanțe cu care se lucrează: acid hialuronic, vitamina C, vitamina B6 și colagen. Aceste substanțe sunt extrem de hrănitoare pentru zona ochilor, mai ales când sunt aplicate în profunzime cu ajutorul unor proceduri și aparate cosmetice de ultimă generație.

Când trecem la machiaj, în cazul unor cearcăne evidente, pigmentate în violaceu și însoțite de o umflătură proeminentă, după bază vom aplica un corector în nuanțe de galben sau piersică deoarece le neutralizează culoarea prea accentuată. Vom avea grijă să nu fie de o consistență prea uscată, ci una lejeră, nu prea păstoasă, ca să nu se insinueze între ridurile de expresie din jurul ochilor, scoțându-le astfel în relief. Putem folosi un corector cu o nuanță mai deschisă decât fondul de ten, cu o formulă ce aduce luminozitate ochilor.

Pentru o acoperire cât mai eficientă, corectorul se aplică mai întâi în colțul intern al ochiului, urmând linia cearcănelor, și până în colțul extern, apoi tapotând ușor. Evitați folosirea unei cantități mari de produs, altfel obțineți un efect contrar celui așteptat.

La final, amintiți-vă mereu să fixați opera de camuflaj cu puțină pudră, astfel încât să vă mențineți fața fără cearcăne exact perioada de timp dorită. Și, evident, nu uitați să vă reîmprospătați de-a lungul zilei – sau al nopții, dacă aveți un eveniment deosebit – machiajul cearcănelor, exact cum faceți cu buzele, fardul de obraz sau sprâncenele.

Îngrijirea tenului matur

Tenul, partea din corp cea mai expusă la acțiunea agenților externi, este totodată și porțiunea de piele cea mai vizibilă de pe toată suprafața trupului. De aceea, chipul este locul unde semnele inestetice ale maturității se manifestă din plin și sunt cel mai evidente.

Se pare însă că daunele cele mai serioase și mai vizibile de pe fața noastră sunt acelea produse de radiațiile ultraviolete, care afectează atât stratul superficial al pielii, cât și pe cel profund, prejudiciul lor devenind cu atât mai dăunător cu cât oamenii petrec mai mult timp în aer liber, cu cât pielea e mai deschisă la culoare și cu cât se folosesc mai rar creme cu protecție solară.

Sigur că ridurile și celelalte semne ale maturizării pielii sunt provocate și de alți factori, printre care predispoziția genetică, metabolismul, modificările hormonale (la femei, menopauza), expunerea prelungită la vânt, poluare, stres, forța gravitațională, alimentația defectuoasă, fumul de țigară, lipsa de somn sau contracția mușchilor, care lasă, cu timpul, semnele greu de înlăturat ale expresivității faciale. Toate acestea conduc împreună la formarea ridurilor, subțierea straturilor cutanate, deshidratarea tenului, formarea de zone depigmentate, pierderea elasticității, slăbirea straturilor interne ale pielii, apariția petelor sau a punctelor albe.

Evident că asupra factorilor genetici sau fiziologici ce îmbătrânesc pielea nu putem interveni, dar putem în schimb să ne modificăm modul de viață, adoptând obiceiuri sănătoase:

să ne protejăm tenul în toate anotimpurile, să ne ajutăm pielea cu o dietă alimentară adecvată, să evităm stresul și fumul de țigară, să facem mai multă mișcare etc.

Dar ne vor ajuta și o demachiere corectă și o igienă constantă, ce vor elimina impuritățile de origine externă sau generate de propriul organism, astfel ca produsele pe care le folosim pentru ten să se fixeze corect și să acționeze eficace.

Este important să recurgem însă și la tratamente dermocosmetice, la proceduri avansate și intensive pentru prevenirea îmbătrânirii pielii sau pentru revigorarea unui ten matur. Serurile și cremele, pe care e indicat să le folosiți după recomandările specialiștilor, pot accelera înviorarea pielii, dar sunt importanți timpii de aplicare și alegerea produselor corecte, adaptate tipului vostru de ten. Pielea este expusă mai mult ziua la factori externi, iar celulele ei lucrează diferit de la zi la noapte: ziua avem de luptat cu poluarea, praful, radiațiile solare, presiunea sangvină, temperatura, eficiența cardiovasculară, în timp ce noaptea celulele pielii sunt mult mai active. La tinerețe. După aceea, cu timpul, lucrurile se modifică și din acest punct de vedere.

Din toate aceste motive și nu numai, este foarte important să folosim produse diferite, unele pentru zi și altele pentru noapte, ele acționând asupra pielii noastre după nevoile ei diurne sau nocturne. Și după structura ei biologică.

Tenul matur mai are nevoie de rutina zilnică de îngrijire specifică: demachiere, hidratare, hrănire. Tenul matur are nevoie de un stil de viață sănătos. El nu poate supraviețui onorabil fără o cosmeticiană. Reguli simple. Și, mai ales, tenul matur are nevoie de multă prețuire din partea voastră. Și de respect. Cu siguranță nu se vor întâmpla miracole, dar ne vom îmbunătăți starea pielii și, în consecință, vom sta mult mai bine și cu moralul, și cu stima de sine. Pentru că, dacă oglinda ne trimite înapoi o imagine plăcută și gratificantă, ne va fi mult mai ușor să ne trăim maturitatea cu bucurie, fiind mereu frumoase, purtându-ne minunat anii. Și rămânând mereu puternice.

Îngrijirea tenului acneic

Nu am vrut să las un subiect atât de important la voia întâmplării sau să-l tratez fără maximum de respect. Și, cum de ani de zile colaborez cu succes și cu rezultate excelente cu un medic dermatolog foarte bun, am ales să las problema acneei în grija unui profesionist cu rezultate grozave în meseria sa și am apelat la doamna doctor Dana Popoiu, medic specialist dermatolog.

Toate clientele mele cu probleme deosebite de ten care mi-au urmat sfatul și au ajuns la un specialist desăvârșit își țin astăzi acneea sub control. Vă sfătuiesc ca în aceste situații deosebite să apelați la un medic dermatolog. Vă rog să nu încercați niciun fel de tratament empiric și să nu vă lăsați pe mâna neprofesioniștilor – este vorba despre sănătatea voastră în primul rând, abia apoi despre o problemă estetică. Acesta este motivul pentru care am găsit de cuviință să colaborez întotdeauna cu un medic specialist în dermatologie.

Vă las acum cu doamna doctor Dana Popoiu și cu recomandările sale.

Acneea este a opta boală ca frecvenţă pe Glob şi afectează aproximativ 85% din populaţia cu vârsta cuprinsă între 12 şi 24 de ani. O cifră deloc de neglijat, după cum constataţi. Este cea mai des întâlnită afecţiune dermatologică şi, de aceea, ne-am gândit că merită toată atenţia noastră.

Această boală a fost descrisă pentru prima dată în secolul al VI-lea şi, de atunci, se caută „panaceul pentru acnee". Aşadar, nu e deloc simplu. Dar nici imposibil de ținut în frâu.

Deşi pot fi afectate toate categoriile de vârstă, această problemă apare cu cea mai mare frecvenţă în adolescenţă – norocul e că tot în această perioadă tratamentul specific funcționează și cel mai bine.

Impactul psihosocial al acestei afecțiuni este de necontestat, ea ducând de multe ori la izolare socială, depresie şi chiar la tendinţe de suicid. De aceea este bine să fim informaţi şi să ştim că acneea nu este o boală fără leac și că trebuie să ne adresăm cu încredere medicului dermatolog, care va diagnostica forma de boală şi ne va indica și tratamentul specific.

Acneea este o afecţiune multifactorială și cu un puternic determinism genetic; ea afectează foliculul pilosebaceu (unitatea anatomică care cuprinde firul de păr cu rădăcina sa, dar şi glanda sebacee). Tabloul clinic poate varia de la banala acnee comedoniană la cea papulopustuloasă/inflamatorie și până la formele foarte grave de acnee nodulochistică sau *fulminans*, care poate fi însoţită şi de manifestări sistemice.

Dezvoltându-se pe un teren genetic predispus la îmbolnăvire (ten mixt/gras), acneea este influenţată de o multitudine de factori hormonali și de mediu, de lipsa îngrijirii, de stres, de alimentaţie etc.

Tipul de ten (mixt/gras) este determinat genetic şi nu poate fi schimbat pe parcursul vieţii. Evident, trebuie îngrijit, iar manfestările sale trebuie ținute în frâu. La acest tip de ten numărul de glande sebacee este mai mare, cu producţie de sebum crescută, iar compoziţia sebumului este diferită de cea a persoanelor cu ten normal sau uscat. Secreţia glandelor sebacee este stimulată hormonal. Hormonii androgeni produşi în exces (proces perfect normal la vârsta adolescenţei sau în cazul unui chist, al unor microchisturi ovariene ori al unei tumori de glandă suprarenală) sau o receptivitate crescută pentru aceştia duc la o secreţie crescută de sebum.

Primul pas în formarea unui comedon este reprezentat de depunerea de keratină (celule epidermice cu coezivitate crescută), sebum oxidat la nivelul foliculului, care duce la formarea unui dop dur ce obstrucţionează glanda, astfel încât sebumul nu mai poate fi eliminat la suprafaţa pielii. Dar glanda secretă în continuare sebum, astfel că în grosimea pielii apare un chist alb (comedon închis), pe care îl putem simţi la palpare. La nivelul foliculului sebaceu este rezidentă o bacterie anaerobă (ce se înmulţeşte în lipsa oxigenului) numită *Propionibacterium acnes*. Aceasta începe să se înmulţească după formarea dopului de cheratină şi produce nişte enzime (lipaze) care duc la ruptura comedonului în profunzimea pielii şi la declanşarea unei reacţii inflamatorii. Astfel, comedonul nevinovat de la început se transformă într-un nodul roşu și dureros.

Dopul de cheratină poate dilata orificiul folicular şi, prin oxidarea sebumului şi depunerea de melanină, se închide la culoare, pe piele apărând punctul negru (comedon deschis). Tratamentul în formele incipiente este esențial, acesta prevenind formarea leziunilor inflamatorii, cicatriciale şi hiperpigmentărilor postinflamatorii.

S-au descris mai multe forme de acnee, cu factori favorizanţi şi predispozanţi specifici, dar care au aceeaşi finalitate: obstrucţia foliculului prin depunerea dopului cheratinos şi supraproducţia de sebum.

Există următoarele tipuri de acnee:

- *acneea microchistică şi comedoniană*, în care predomină comedoanele închise şi/sau deschise, fără leziuni inflamatorii;
- *acneea papulopustuloasă,* în care sunt prezente leziunile roşii, dureroase, inflamatorii;
- *acneea nodulochistică,* manifestată prin leziuni mari, nodulare, profunde, cu multiple orificii de drenaj;
- *acneea mecanică,* produsă prin fricţiune repetitivă în anumite zone; ea duce la obturarea foliculului

şi apare pe torace la persoanele care poartă haine strâmte, la acelea care poartă cască de protecţie, la violonişti etc.;

- *acneea excoriată* a tinerelor fete, predominant cu leziuni liniare, erodate, produse prin autotraumatizare şi automutilare, această formă fiind tratată multidisciplinar cu ajutorul psihologului/medicului psihiatru;
- *acneea cosmetică*, apărând mai ales la persoanele mature care folosesc produse cosmetice nepotrivite, comedogenice, uleiuri sau creme de formă ulei în apă, presupuse produse „bio" ce conţin conservanţi comedogenici;
- *acneea indusă de medicamente* apare la persoanele care consumă steroizi anabolizanţi, corticosteroizi, fenitoin, litiu, izonizidă, iodide, bromide, inhibitori de factori epidermici de creştere, complex de vitamina B şi fenobarbital;
- *cloracneea* şi *acneea ocupaţională* sunt forme ce apar la aceia care se expun la substanţe insolubile, ocluzive, cum ar fi uleiuri industriale, produse derivate din petrol, hidrocarburi aromatice, coaltar;
- *acneea neonatală şi infantilă* are o etiologie specială, în general autolimitată.

La acestea se adaugă formele grave de acnee: *fulminans, conglobată* sau *cauzată de anomalii endocrinologice*, care necesită intervenţie promptă şi supraveghere medicală strictă.

Şi stresul poate declanşa şi întreţine puseele inflamatorii de acnee, prin modificarea pH-ului şi a compoziţiei sebumului, condiţii favorizante pentru înmulţirea bacteriei *Propionibacterium acnes.*

Medicul dermatolog vă sfătuieşte să aveţi o alimentaţie echilibrată, este foarte important de reţinut acest aspect. Multiple studii au arătat că excesul de carbohidraţi, dulciuri, alimente stimulante (precum cafeaua, ciocolata, băuturile energizante) ori lactatele proaspete şi fermentate pot induce episoade de acutizare a leziunilor de acnee.

În *toate* formele de acnee este necesar un consult iniţial la medicul dermatolog.

Iar de aici putem trasa câteva linii generale de îngrijire a tenului acneic şi sfaturi pentru menţinerea unui ten sănătos.

Două momente ale zilei sunt esenţiale pentru îngrijirea tenului, fiecare cu măsuri specifice: seara şi dimineaţa. Seara trebuie să curăţăm foarte bine tenul şi să aplicăm produsele-tratament (care vor acţiona pe parcursul nopţii), iar dimineaţa trebuie să hidratăm tenul corespunzător şi să aplicăm produsele care ne vor proteja de acţiunea factorilor de mediu (soare, poluanţi).

Astfel, *primul pas*, seara, este îndepărtarea temeinică a machiajului, a prafului, dar și a sebumului produs de piele în timpul zilei. Produsul potrivit este reprezentat de apele micelare din farmacie, care sunt soluţii nealcoolice, neastringente și care modifică tensiunea superficială şi decapează substanţele de pe ten.

Al doilea pas este spălarea cu produse spumante blânde (de asemenea cumpărate din farmacie), care îndepărtează ultimele impurităţi din pori.

Al treilea pas constă în aplicarea produselor-tratament pe pielea perfect uscată. În funcţie de severitatea formei de acnee, se pot aplica produse topice de la cele mai blânde până la cele mai agresive – dar numai la indicaţia medicului dermatolog. Există creme cu acid salicilic, lactic, alfa-hidroxi acizi, peroxid de benzoil, tretinoin, antibiotic în diverse combinaţii, toate fiind produse care au ca scop dizolvarea dopului obstructiv al foliculului, scăderea producţiei de sebum şi o puternică acţiune antibacteriană.

Dimineaţa, după spălarea cu apă călduţă, se aplică obligatoriu crema hidratantă specială pentru ten mixt/gras, noncomedogenică.

Apoi se aplică o cremă de protecţie solară (trebuie să fie un produs dermocosmetic, noncomedogenic), cu SPF de minimum 30+, preferabil 50+. Nu aplicaţi niciodată crema de protecţie solară direct pe piele. Și trebuie să mai țineți cont de faptul că factorul de protecţie se înjumătăţeşte după 3 – 4 ore, de aceea, pentru a avea o protecţie eficientă, crema trebuie reaplicată după 4 ore în cazul în care stăm în mediul exterior. În ultimul an, brandurile de dermocosmetice au lansat pe piaţă spray-urile 50+ brume mist, care se pot aplica peste machiaj şi care au o textură nongrasă.

După crema de protecţie se poate aplica fondul de ten, care trebuie să fie fluid, special pentru ten mixt/gras. Pentru formele medii sau grave de acnee, recomand folosirea fondurilor de ten medicale, altfel pot fi folosite produse de la diverse branduri cosmetice de calitate. Este interzisă folosirea zilnică a produselor de machiaj groase, compacte, cu putere mare de acoperire, a bazelor de machiaj care devin o peliculă asfixiantă pentru pori, acestea putând fi folosite doar la evenimente. Se poate folosi şi pudra, cu o condiţie: să fie liberă, minerală. Nu se recomandă pudra compactă.

Deoarece produsele-tratament au acţiune cheratolitică (dizolvă cheratina şi reduc coezivitatea celulară), se poate produce o uşoară exfoliere a tenului, de aceea nu sunt recomandate gomajele/scruburile frecvente (o dată pe săptămână este suficient) pentru a nu irita pielea şi înrăutăţi starea leziunilor.

Pentru formele medii/grave de acnee este necesar şi un tratament sistemic cu antibiotic, isotretinoin sau medicaţie hormonală, la indicaţia şi sub stricta supraveghere a medicului.

Descurajez şi pe această cale tratamentele empirice, efectuate la recomandarea farmacistului sau a prietenilor, care pot duce la selectarea unor tulpini bacteriene rezistente şi pot avea (sau nu) un beneficiu doar pe termen scurt.

Am rezervat o discuţie aparte pentru *acneea cicatricială*. Cicatricile postacneice apar după evacuarea intempestivă a leziunilor chistice, necrotice, unde apare ruptura epidermică şi cicatrizarea defectuoasă.

Cel mai bun tratament este prevenţia. Deci, trebuie să ne abţinem de la a traumatiza leziunile prin „stoarcere" şi să lăsăm acest proces în grija medicului. Este bine ca leziunile chistice să fie evacuate, însă numai după ce ne asigurăm că au orificiul de drenaj deschis. Acest lucru se efectuează în cabinetul medical, în condiţii sterile şi după microdermabraziune (procedeu care exfoliază straturile superficiale ale epidermului şi mobilizează dopul cheratozic, facilitând extracţia lui).

Odată apărute, cicatricile postacneice pot fi tratate prin multiple tehnologii, cu rezultate variabile. Cele mai bune şi mai durabile rezultate sunt obținute prin procedurile care au şi cele mai multe complicaţii posibile.

În funcţie de tipurile de cicatrici, pacienţii pot beneficia de microdermabraziune, peelinguri chimice cu diverse tipuri de acizi, dermapen/roller dermatogic, umplere cu filler, dermabraziune, laser CO_2 fracționat sau excizie chirurgicală.

În concluzie, acneea este o afecţiune care poate fi tratată. Din păcate, nu ne alegem noi tipul de ten, acesta fiind determinat genetic. Sub sloganul „Nimeni nu e perfect", trebuie să ne acceptăm şi să învăţăm cum să trăim cu această afecţiune. Medicul ne poate învăţa că nu se năruieşte Universul atunci când ne apare un coş inflamator chiar înaintea unei întâlniri, aşa că o scurtă vizită la medic ne poate scuti de multe neplăceri. Nu trebuie să lăsăm acneea să ne conducă viaţa, izolându-ne social, ci trebuie să învăţăm cum să o controlăm. Este posibil!

Cu drag,
dr. Dana Popoiu,
medic specialist dermatolog

P

Demachierea, cheia unui ten sănătos

Nu există femei puternice și frumoase fără îngrijire, fără o stare de sănătate bună. O femeie frumoasă care nu se respectă riscă să-și piardă multe dintre darurile naturale în absența unei griji permanente față de ea. Așadar, în fiecare dimineață și seară, noi, femeile, ar trebui să facem în mod automat un lucru esențial pentru frumusețea, sănătatea și strălucirea tenului nostru: să ne demachiem. Da, ați citit bine: și dimineața. Bine, veți spune, dar dimineața când ne trezim din somn nu suntem machiate. Așa e, nu suntem machiate, dar tenul nostru a acumulat destule impurități și în timpul somnului: am transpirat, pielea noastră a continuat să producă sebum, avem de îndepărtat reziduuri de piele. Așa că e indicat să ne curățăm temeinic tenul și dimineața, exact cum o facem seara, înainte de culcare.

Orice femeie trebuie să fie conștientă că murdăria acumulată la nivelul tenului nu este formată doar din reziduuri de machiaj, ci și din particule de praf, smog, mizerie din atmosferă – toate se depozitează pe pielea noastră, sufocând-o.

Așadar, în *fiecare dimineață* și absolut în *fiecare seară* înainte de a merge la culcare, curățați-vă tenul foarte bine, cu toată seriozitatea. Demachierea ar trebui să devină un gest cotidian, o rutină obligatorie, dar e fundamental să ne alegem și produsele corecte. Aplicați întotdeauna ceea ce este potrivit tipului vostru de piele, pentru că, de cele mai multe ori, folosirea la întâmplare a unor preparate inadecvate vă poate modifica starea de sănătate a tenului.

Să luăm la rând fiecare tip de piele, după clasificarea pe care deja o cunoașteți: ten normal, ten gras, ten uscat, ten sensibil și ten mixt. Având în vedere complexitatea sa, tenului acneic i-am dedicat o parte de sine stătătoare în această carte. Evident că e important să știm cu exactitate în ce categorie ne încadrăm: uneori tenul poate fi gras-sensibil, alteori uscat-sensibil, normal cu zone grase, normal cu zone uscate ori gras cu zona T uscată.

Ten normal

Tenul normal poate fi recunoscut datorită aspectului său destins, fin, compact, neted și catifelat. Ca și pentru celelalte tipuri de ten, produsele pentru demachierea tenului normal trebuie să ajute la îndepărtarea prafului, a impurităților din atmosferă, să dizolve și să înlăture machiajul, eliberând porii, și chiar să exfolieze cu finețe celulele moarte de la suprafața pielii. Produsele pentru demachiere se găsesc sub formă de gel sau spume de curățare, loțiuni micelare, demachiante. Alegeți produse cât mai naturale, evitați-le pe acelea în compoziția cărora există prea multe chimicale și mai ales pe acelea care interferează cu mecanismele naturale de apărare și funcționare corectă a pielii.

Ten gras

Tenul gras este caracterizat de un aspect lucios, cu pori dilatați, iar la pipăire pare ușor uleios, din cauza secrețiilor excesive ale glandelor sebacee. Se recunoaște ușor și după comedoane, puncte negre și o sensibilitate crescută la infecții – de obicei, această condiție poate degenera în acnee.

Produsele de curățare ideale pentru acest tip de piele sunt acelea ce îndepărtează real excesul de sebum şi pot menține porii curați. Nu trebuie să aibă în compoziție uleiuri și alcool, e de preferat să le folosim pe acelea pe bază de apă, antibacteriene și care țin sub control producerea de sebum a glandelor sebacee. Trebuie să fie astringente, emoliente, purificatoare.

Ten uscat

Este caracterizat printr-o slabă producție de sebum sau prin piele deshidratată – câteodată se întâlnesc ambele fenomene.

Pielea deshidratată, la care țesuturile suferă din lipsă de apă, e subțire şi crapă foarte uşor, prin urmare produsele indicate pentru acest tip de ten nu trebuie să fie agresive, ci foarte blânde, bogate în aminoacizi. Pielea uscată care produce foarte puțin sebum e delicată, opacă, hipersensibilă la factorii externi. Produsele de demachiere trebuie să ajute la restructurarea mantiei lipidice, să conțină acizi grași nesaturați, trigliceride.

Toate produsele de demachiere pentru acest tip de piele trebuie să fie cremoase, nespumante, cu un efect maxim de hidratare pentru ten. Loțiunile de curățare sunt perfecte, mai ales dacă au în compoziție acid hialuronic, ingredient care „aduce“ apa la suprafața pielii. Benefice sunt și uleiul de măsline, vitaminele A, E și C, glicerina.

Ten sensibil

Tenul sensibil este subțire, dar moale, catifelat, delicat și foarte fragil, are nevoie de o mare protecție împotriva agenților externi sau a factorilor chimici pentru că se irită foarte uşor.

Produsele de care are nevoie trebuie să fie hidratante și ar fi bine să conțină substanțe hipoalergenice, pentru a evita inflamațiile, înroșirea și mâncărimea.

Pentru curățarea și îngrijirea tenului sensibil este important să folosiți un produs care nu numai să îndepărteze murdăria, ci și să fie cremos, fără parfumuri sau parabeni – așadar, pe bază de glicerină, ulei de jojoba. Sunt de evitat acelea pe bază de alcool, vitamina C, acid lactic, glicolic și benzoic.

Ten mixt

Acest tip de ten este întâlnit la foarte multe persoane, o parte din piele fiind grasă în zona T, formată din frunte, nas și bărbie, și restul având tendința de a se usca.

Produsele pe care e nevoie să le folosiți sunt, aşadar, de două feluri: cele pentru tenul gras și cele pentru ten uscat.

Aveți nevoie de produse fine, ce nu usucă pielea, cu formule blânde pe bază de retinol și vitamina A.

Respectați rutina zilnică a curățării tenului cu produsele create special pentru tipul vostru de piele și veți avea o față frumoasă, strălucitoare, armonioasă, prelungindu-vă astfel tinerețea chipului.

Tenul și anotimpurile

Primăvara

A venit primăvara, în sfârșit!

Zilele s-au lungit precum copiii intrați în adolescență, soarele ne zâmbește călduros și din ce în ce mai des din înaltul cerului, iarba se iţește timid cu verdele ei, iar ghioceii, iată, își țin capetele parfumate la aer, în fața măreției vieții lor atât de efemere.

Ce ne dorim cel mai tare și mai tare în martie, luna noastră, a femeilor, prima lună de primăvară?

Să fim mai frumoase ca oricând, mai îndrăgostite ca niciodată, proaspete și strălucitoare. Iar toate visurile ni se contopesc cu imaginea noastră, aceea pe care o reflectă fiecare oglindă ce ni se arată în cale. Pentru că, desigur, frumusețea este liantul tuturor visărilor noastre. Pentru că, fără ea, primăvara poate să plece înapoi, să-și bage capul la loc sub plapuma de nea. Pentru că, în lipsa ei, dragostea intră și ea în hibernare prelungită, într-o altă iarnă.

Așadar, intrăm puțin în panică. Ne verificăm cu atenție toate atributele frumuseții; da, acelea prea bine înfofolite în timpul iernii: păr, unghii, piele. Hm… piele. Piele, adică și ten. Mai ales ten. E un pic tern, obosit, cu mici imperfecțiuni sâcâitoare. Și toate sunt atât de inestetice! Parcă am zărit un semn de acnee, parcă o pată, un rid și niște pori mult prea deschiși.

Nu e cazul să vă lăsați doborâte de tristețe – este remediabil. Pentru absolut toate nefericirile legate de ten există soluții. Sigur că ne gândim imediat cum să acoperim toate problemele ivite pe obrazul nostru, însă ar fi mai corect să încercăm, în același timp, să descoperim și cauzele ce ne generează motive de supărare într-o primăvară atât de senină. Este foarte important să urmăm câțiva pași simpli pentru a reduce într-o manieră semnificativă problemele de ten, nu doar să acoperim ceea ce ne deranjează. Din fericire, anumite imperfecțiuni au la bază cauze ușor de tratat și pot fi reduse sau chiar complet anihilate printr-un tratament corect, astfel încât nu doar să ascundem temporar ceea ce nu este în regulă, ci și să evităm, în acest fel, sentimentele dezagreabile pe care ni le poate aduce un ten plin de impurități.

Mergeți mai întâi la un tratament cosmetic, unul serios. Hidratați-vă cum se cuvine, demachiați-vă corect în fiecare seară, cu o cremă adecvată tipului vostru de ten – aţi reţinut asta deja. Și nu uitați că pentru toate probleme inerente unei ierni lungi, cu frig pe măsură (cearcăne, ten obosit, pete și pori dilatați), s-au inventat numeroase proceduri cosmetice. Din fericire, avem la îndemână toate armele de care e nevoie pentru a ne modifica în bine tenul – da, în trusa noastră completă de machiaj se ascund toate secretele, important e să adăugăm lângă ele un ghid de folosire cu talent a tuturor produselor.

Cereţi mereu opinia unui specialist, nu încercați să vă tratați singure, după ureche, problemele de ten: există cabinete cosmetice, esteticiene pregătite temeinic și produse pentru orice fel de situație. Mai ales că în martie acesta e minimum de răsfăț pe care oricare doamnă și domnișoară ar trebui să și-l ofere.

Vara

Cât am așteptat-o! Acum e aici, dar… Stați departe de soare între orele 11.00 și 16.00! Cum? Sunteți dezamăgite?

Sincer, și eu. Pentru că ador vara și iubesc soarele. Dar trebuie. Sunt orele cele mai periculoase pentru pielea noastră, așadar și pentru ten, deci nu vă expuneţi radiațiilor solare.

Îmbrăcați-vă în haine ce vă protejează pielea – există țesături care absorb razele ultraviolete, formând un fel de baieră între razele UV și pielea voastră. Alegeți îmbrăcăminte deschisă la culoare și materiale ce nu vă provoacă mâncărimi, alergii și care lasă aerul să circule, nemenținând căldura la nivelul pielii.

Nu uitaţi să vă acoperiţi şi capul, de preferinţă cu pălării cu boruri largi; veți simți beneficiile acestei protecţii inclusiv în ceea ce privește tenul, având mereu o umbră protectoare deasupra capului.

Nu vă lăsaţi ochelarii de soare acasă, indiferent unde ați merge. Vă veți proteja atât pielea sensibilă din jurul ochilor, cât și ochii, predispuși la îmbolnăvire din cauza soarelui.

Vă obsedează bronzul? Da, știu, e frumos. Dar fiți atente la bronzul artificial, cel obținut la solar. Acest tip de bronz nu este indicat pentru sănătate în general şi pentru sănătatea pielii în special – chiar și pentru pielea cu un pigment mai puternic, mai închisă la culoare. Sigur, la solar nu există explozii solare, la plajă însă, da. Toți medicii dermatologi susțin că expunerea la razele ultraviolete este periculoasă și că nu există metodă de bronzare fără un grad de risc. Cremele autobronzante nu intră în această discuție, dar e nevoie să folosim produse cu foarte puține chimicale în compoziție.

Evitați cât puteți de mult machiajul, mai ales dacă mergeți la plajă. Lăsați-vă pielea să respire și să facă o pauză de la componentele chimice ale anumitor produse.

Nu uitați să faceţi duş şi să vă clătiți bine după ce înotați în piscină sau în mare. Nici sarea din mare și nici clorul din piscină nu vă ajută. Mai ales cel din urmă. Pielea are tendința de a se usca și anumite persoane pot prezenta chiar și reacții alergice.

Evitați folosirea parfumurilor când vă expuneți la soare; în reacție cu razele solare, ele vă pot păta pielea în mod permanent.

Beți multă apă, hidratați-vă corespunzător; pielea sănătoasă e mult mai frumoasă vara, mai ales atunci când nu e uscată, pătată, lipsită de strălucire.

Mâncați sănătos, consumați multe fructe și legume proaspete și evitați grăsimile.

Cât despre restul etapelor de îngrijire, de acum le știți deja: demachiere, tonifiere, hidratare, îngrijire. Pentru machiaj, folosiți produse rezistente la apă.

Toamna

Lunga vară fierbinte a început deja să-și facă bagajele, anotimpul soarelui și al vacanțelor pleacă încet și sigur către alte meleaguri.

Ne lasă, poate, mai odihniți, mai veseli, cu bateriile mai încărcate. Suntem, însă, cu siguranță mai triști: ori pentru că perioada de relaxare nu a fost prea lungă, ori pentru că e posibil ca pentru unii dintre noi vacanța să nu fi existat deloc.

Fie că am fost la mare sau la munte, în țară sau străinătate, am început deja să ne adunăm pe la casele noastre, la rutina noastră cea de toate zilele și toate nopțile. Mai răsfoim din când în când fotografiile ce au rămas ca mărturie a bucuriei noastre din locurile pe unde am ajuns și, în rest, revenim la cursul normal al vieţii, muncind cu aplomb.

Suntem încă bronzate, dar tenul nostru a început să dea semne de oboseală. Poate că nu l-am hidratat suficient sau poate că nu l-am protejat așa cum s-ar fi cuvenit.

E timpul s-o facem măcar acum, mai ales că sezonul rece bate la ușă. Cum în piețe este un adevărat regal de fructe și legume proaspete, le putem folosi pentru a ne ajuta tenul să intre în iarnă cu forțe proaspete, atât sub formă de măști, cât și consumate din belşug: roşiile au proprietăţi astringente pentru tenul gras, strugurii, datorită acidului glucolic, ajută la exfolierea delicată şi pepenele galben în combinaţie cu gălbenuşul de ou e minunat pentru tenul uscat.

Odată ce v-aţi întors din concediu, nu neglijaţi vizitele la cabinetele de cosmetică: după expunerea (moderată, da?) la soare, tratamentele cosmetice sunt absolut necesare – razele soarelui nu întotdeauna fac bine tenului, mai ales atunci când avem parte de ele în exces.

Hidratarea, însă, rămâne cuvântul de ordine – atât cea interioară, cât şi cea exterioară; cura de legume şi fructe proaspete şi cei doi litri de apă pe zi vă vor binecuvânta cu un ten luminos, sănătos şi întinerit considerabil, chiar dacă am abuzat cam mult de vara ce tocmai a trecut. Să nu vă lipsească niciodată din alimentaţie vitamina C.

Teorii populare învechite susţin frumuseţea unui ten natural, fără machiaj, dar eu v-aş sfătui să mergeţi pe mâna specialiştilor. Timpurile s-au schimbat şi nimic nu mai e cum era odinioară. Vă recomand să folosiţi cu încredere fondul de ten potrivit tipului vostru de piele şi puţină pudră. Împreună vă vor asigura acea peliculă protectoare împotriva prafului, microbilor, vântului şi tuturor impurităţilor din atmosferă cu care tenul nostru se confruntă zi de zi.

Iarna

Da, ştiu, iarna nu e anotimpul preferat de prea multe dintre noi. Dar există şi trebuie să-l trăim şi pe acesta în sănătate şi bucurie.

Iarna, pielea noastră nu are întotdeauna o reacţie fericită la agresiunile ambientale, aşa că, pentru o bună îngrijire a sa, regula de aur este igiena perfectă. Mai ales că iarna plouă, ninge, iese soarele, e frig, bate vântul. Iar pielea frumoasă, netedă, catifelată, luminoasă, ca de bebeluş, conţine obligatoriu apă; iarna, ea prezintă simptome clare de uscare, de deshidratare: se usucă, se crapă, se irită, se descuamează.

Pentru îngrijirea pielii şi încetinirea pierderii de apă, trebuie să interpunem între piele şi factorii externi o peliculă ce împiedică molecula de apă să se piardă.

Aşadar, pentru faţă şi pentru ochi alegeţi seruri şi creme adaptate acestui anotimp, cu textură bogată, pentru a hrăni, hidrata şi reînviora tenul. Folosiţi şi măştile hidratante, hrănitoare, măcar o dată pe săptămână: principiile lor active repară pielea, care astfel poate înfrunta cu bine toate agresiunile externe.

Nu uitaţi să vă protejaţi zona ochilor cu creme grase şi zona delicată şi fragilă a buzelor cu stickuri sau creme speciale. Dacă apar crăpături, aplicaţi produsul mai des, de mai multe ori pe zi, aşa cum fac schiorii.

Chiar dacă purtăm mănuşi, şi mâinile noastre sunt supuse aceloraşi temperaturi şi probleme. De aceea, aplicaţi o cremă bogată în grăsimi (vaselină, uleiuri vegetale sau silicon) şi masaţi bine de la încheieturi şi până la vârful fiecărui deget. Repetaţi procedura înainte de a merge la culcare.

Cu o îngrijire adecvată a tenului, iarna poate fi suportabilă – ceea ce e obligatoriu, pentru că nu dorim să prindem atât de frumoasele sărbători şi vacanţe de iarnă cu un ten obosit, şters, uscat şi deshidratat.

Şi se poate!

Tenul în bătaia soarelui

Vacanța e pe terenul ei de joacă!

Suntem la mare sau la munte, în țară sau în străinătate, cu partenerul de viață, cu copiii, cu cățelul, cu tot neamul.

Oriunde am fi, vara ne bronzăm, e literă de lege! Fie că ne întindem pe șezlong la malul mării ori pe o pătură într-o poiană de munte, fie că lenevim lângă piscinele din oraș, toți ne dorim să prindem culoare, una mai sănătoasă, vrem cu tot dinadinsul să scăpăm de paloarea bolnăvicioasă a frigului de peste an.

Iar o altă culoare, una de piele abia sărutată de soare sau maro-aurie, se obține cu sacrificiu și se întreține cu inteligență.

Nu e totul să ne bronzăm, totul e ca, odată reîntoarse acasă, să ne putem mândri cât mai mult timp cu rodul colorat și mătăsos al vacanței noastre: o piele moale ca puful de lebădă, dulce, blândă și senzuală precum razele soarelui de toamnă.

De multe ori în anii trecuți, ceea ce ne-a rămas de arătat la întoarcerea acasă au fost niște brațe, umeri și un spate de dalmațian, cu pete roșiatice sau maronii și coji inestetice.

Am uitat să ne protejăm, am vrut, cu lăcomie, să furăm tot soarele verii, iar despre hidratare corespunzătoare nici că a putut fi vorba; ne-am expus forței razelor la orele când, azi, până și copiii știu că e bine să ne retragem inteligent la umbră.

În timpul verii, regula numărul 1 este să ne hidratăm. Atât în timpul orelor de expunere la soare, cât și după, este obligatoriu să bem lichide. Și epiderma noastră suferă de sete la fel de tare ca noi! Nevoia de apă este mult mai mare în timpul expunerii la soare, iar primul pas către un ten sănătos și o piele bine hrănită este să ne facem cadou o cantitate de apă suplimentară celei din zilele obișnuite.

Vă propun să evitați cremele de față și de corp nutritive, mult mai adaptate frigului, și texturile fără formularea specifică „pentru hidratare“, pentru că riscați să vă „udați“ pielea inutil, fără să rețineți apa în straturile profunde ale dermei.

Noua generație de creme hidratante pariază totul pe apă, cu formule în stare să „trimită“ apa ce o conțin în profunzimea pielii și să o mențină acolo cât mai mult timp posibil. Pentru o protecție adecvată și, totodată, pentru conservarea cât mai îndelungată a unei culori frumoase a tenului şi corpului sunt perfecte cremele speciale cu puternice proprietăți antioxidante, cele cu înaltă concentrație de vitamina C și E.

Chiar dacă folosim creme pentru bronzat cu factor mare de protecție, pielea este oricum agresată din cauza expunerii la soare. Cremele after sun sunt necesare pentru a restabili un echilibru optim de hidratare, iar pielea va fi astfel mai bine hrănită şi bronzul va dura mai mult.

Pentru ten însă vom avea nevoie de o cremă reparatoare și regenerantă, cu prețioase principii active, una care să stimuleze procesul de autoreparare a celulelor, prevenind astfel apariția ridurilor și îmbătrânirea precoce a pielii, redându-i elasticitatea, lasând-o moale și catifelată.

Evitați cremele ce conțin parabeni, orientați-vă către loțiunile ce rehidratează și previn descuamarea.

Folosiți cu încredere apa termală pentru față și nu uitați că și părul are nevoie de hidratare – măștile și cremele reparatoare intensive vă vor ajuta părul să-și regăsească vitalitatea și strălucirea după expunerea la razele de soare.

În rest, bucurați-vă din plin de vară și nu uitați că sănătatea pielii voastre este foarte importantă. Aveți grjă de ea!

Mituri despre îngrijirea tenului

Cremele costisitoare pot îndepărta anii de pe chip?

Nu întotdeauna. Există creme mai puțin costisitoare care pot fi mult mai bune și mai eficiente. Dar, oricât de mult ne-am dori să credem asta, adevărul e că nu există miracole într-un borcănaș. Pe măsură ce îmbătrânim, pielea noastră pierde lupta cu gravitația. Explicația este simplă, chiar dacă nedorită. Pielea pierde grăsime, principala ei susținătoare, de unde și impresia că se lasă, și formează riduri adânci. Normele cosmetice în vigoare interzic includerea ingredientelor medicamentoase în produse, de aceea efectele pe termen lung ale utilizării cremelor sunt acelea de hidratare și prevenire.

Asta nu înseamnă că nu există soluții, însă, după o anumită vârstă, simpla utilizare a unei creme hidratante, indiferent de costuri sau promisiuni, nu mai constituie un remediu. Cea mai bună metodă de întoarcere a timpului este tratamentul medicamentos și, desigur, mult discutata chirurgie estetică.

Produsele cosmetice nu trebuie schimbate niciodată sau înlocuite cu altele.

Oh, ba da, cum să nu? Ar fi adevărat doar în cazul în care am rămâne veșnic tineri, însă tenul înaintează și el în vârstă, calitatea pielii se schimbă, deci și produsele trebuie adaptate schimbărilor – inclusiv celor de anotimp și temperatură. Pielea e într-o continuă transformare și, pe măsură ce timpul trece, nevoile ei sunt diferite. Bucurați-vă de ultimele descoperiri cosmetice și, mai ales, nu vă fie teamă să experimentați!

Produsele de îngrijire trebuie alese în funcție de vârstă.

Greșit, ele trebuie alese în funcție de vârsta pielii și de nevoile ei, nu întotdeauna vârsta fizică coincizând cu cea a tenului. Există tinere cu o piele îmbătrânită din diverse cauze, cum există și femei mature care s-au îngrijit perfect și au un ten cu mult sub anii pe care îi au înscriși în acte.

Produsele de îngrijire, în mod special cremele de ochi, au același efect ca acidul hialuronic.

Din păcate, nu, nu au același efect. Cremele de față și cele de ochi nu pot avea același efect ca acidul hialuronic sau ca botoxul deoarece nu au aceleași proprietăți și nici nu sunt injectate sau introduse prin tratamente noninvazive sub primul strat al pielii; așadar, cremele, de orice natură ar fi ele, au rezultate doar la suprafața tenului, acționând doar superficial sub primul strat al pielii. Evident, aceste creme nici nu ajută la stimularea producției proprii de acid hialuronic.

Pielea are nevoie de o cremă de zi și una de seară.

Da, absolut. Fiindcă nu avem nevoie de același efect reparator sau de aceiași nutrienți și în timpul zilei, și în timpul nopții. Diferența o poate face, de exemplu, factorul de protecție pentru crema de zi. Dar nu numai el, după cum v-am explicat deja când am analizat modul în care lucrează pielea în timpul nopții.

Pentru a avea un ten sănătos avem nevoie de foarte multe produse de îngrijire.

Nu e chiar așa. Sunt foarte importante produsele pentru demachiere şi tonifiere, crema de contur pentru ochi, crema de zi și crema de noapte. Nu avem nevoie de o sacoşă de produse pentru a ne îngriji cum se cuvine, însă e esenţial să fie corect alese, adaptate tipului nostru de ten. Faptul că folosim *n* produse diferite pentru îngrijirea de zi şi alte *n* pentru îngrijirea de noapte nu ne garantează că vom obține rezultate mai bune. Uneori, ceea ce e mai simplu este şi mai bun. Vă recomand să alegeţi produsele pe care le-aţi testat în timp, iar dacă vă confruntaţi cu probleme legate de aspectul pielii, nu ezitaţi să vă adresaţi cabinetelor dermocosmetice.

Apa termală fixează machiajul.

Apa termală nu fixează niciodată machiajul, ea are alte proprietăți. Rolul ei este să revitalizeze tenul. De cele mai multe ori, apele termale conțin alcool și alte ingrediente care ar distruge machiajul. Există produse speciale de fixat care se găsesc la marile branduri de machiaj, însă nu sunt neapărat recomandate.

Pentru curățarea tenului se foloseşte apa sau nu?

Unii specialiști ne sfătuiesc să evităm spălarea feței, însă recomandarea lor se referă mai ales la evitarea unor produse agresive de curățare ce se folosesc împreună cu apa (gelul de duș, săpunul). Dermatologii americani susțin însă că toate produsele de demachiere sunt astfel concepute încât să completeze acțiunea de curățare a apei, nu să o înlocuiască.

Iarna, o cantitate mai mare de cremă înseamnă un ten mai protejat.

Volumul de absorbţie a pielii nu este variabil de la un anotimp la altul şi nici în general. Epiderma îşi ia din produsul pe care-l folosiţi atât cât ştie ea că are nevoie, iar excesul nu face decât să ne ilumineze dizgraţios chipul. Crema de faţă se aplică într-un strat subţire pe faţă şi doar dacă apare senzaţia neplăcută de piele care se strânge repetăm acţiunea, aplicând crema tot într-un strat fin.

Un produs exfoliant este eficient doar dacă este puternic.

Deloc. Folosirea repetată a unui produs exfoliant agresiv duce la sensibilizarea pielii şi poate provoca apariţia unor afecţiuni dermatologice, precum eczeme şi iritaţii. Cele mai bune produse sunt acelea care au o acţiune exfoliantă blândă.

Este bine să aplicăm zilnic măşti din fructe.

Nicidecum. Măştile din fructe aplicate zi de zi ne pot afecta în timp tenul, din cauza acizilor conţinuţi de acestea. Ele pot fi aplicate numai ocazional.

Indicatorul SPF îmi arată cât de protejată este pielea de razele ultraviolete.

Cu toţii ştim că razele ultraviolete ne afectează pielea şi de aceea folosim creme cu factor de protecţie (SPF – *Sun Protection Factor*) care să ne protejeze de efectele lor devastatoare. După cum ştim, razele ultraviolete sunt de două tipuri, UVA şi UVB, ambele nocive pentru piele, însă într-un grad diferit (dintre ele, razele UVA sunt puţin mai blânde cu noi în sensul că nu produc durere şi usturime).

Factorul SPF ne protejează *doar* de UVA. În concluzie, nu vă expuneţi prea mult la soare gândindu-vă că aveţi garanţia că crema voastră de protecţie îşi face treaba 100%. O alternativă ar fi să căutaţi creme care conţin indicatori de protecţie atât UVA, cât și UVB.

Se spune că fondul de ten e obligatoriu pentru femeile de peste 35 de ani.

Așa să fie oare? Dermatologii susțin contrariul; în opinia acestora, fondul de ten subliniază aspectul de ten matur prin faptul că se infiltrează în interiorul ridurilor fine, accentuându-le și mărind în același timp și porii, mai mult sau mai puțin dilatați deja. Dacă nu vă simțiți confortabil și credeți că nu există un machiaj reușit fără acesta, alegeți un fond de ten fluid și care să arate natural pe fața voastră.

Dermatologii mai spun și că metoda cea mai bună de a elimina necesitatea folosirii unui fond de ten este îngrjirea din timp a tenului, astfel încât să nu mai fie necesară mascarea imperfecțiunilor sale.

Bronzul sau fondul de ten mai întunecat rezolvă problemele de pe față.

Este adevărat că, atunci când pielea feţei este mai întunecată cu un ton sau două decât culoarea ei reală, tenul pare mai sănătos deoarece nu mai sunt vizibile coşurile deja înroșite sau petele. Însă adevărul este că fondul de ten mai întunecat reprezintă numai o mascare a problemelor pielii, şi nu o rezolvare a lor. După cum bine ştiţi, problemele cosmetice nerezolvate la timp se agravează, iar în cele mai rele cazuri nu mai pot fi rezolvate deloc. Deci, categoric nu.

Crema hidratantă trebuie aplicată separat de crema protectoare.

Nu, nu este necesar să aplicați și crema obișnuită de față deoarece riscați să vă încărcați foarte tare tenul. Crema protectoare conține deja foarte mulţi factori de hidratare şi este suficientă dacă e folosită singură. Totuşi, dacă aveți tenul uscat, aplicarea unei creme suplimentare poate fi binevenită. În schimb, persoanele cu tenul mixt și gras pot aplica numai crema protectoare. Şi vă rog să nu uitați că aceasta din urmă trebuie folosită zi de zi, chiar şi atunci când plouă sau e înnorat, deoarece radiaţiile stau la pândă tot timpul, nu numai în zilele însorite.

Acneea este cauzată de ceea ce mâncăm.

Este un mit. În realitate, acneea reprezintă o predispoziție genetică, şi nu una dobândită în urma alimentaţiei incorecte. Este adevărat că unele alimente au un impact negativ asupra acneei, dar nu constituie totuși cauza ei principală. Mergeți la capitolul 3, „Tenul și sănătatea", la subcapitolul scris special pentru noi de o specialistă în dermatologie, dr. Dana Popoiu. Acolo veți găsi toate răspunsurile legate de acnee.

Pielea mea va arăta la bătrânețe precum cea a mamei mele.

Dacă pielea mamei arată vizibil îmbătrânită la o vârstă mai înaintată, nu e cazul să intrați în panică. La conceperea voastră au participat și genele tatălui, nu numai cele ale mamei, aşadar o moșteniți pe mamă numai în proporţie de 50%.

Totuşi, nu e cazul nici să vă relaxaţi, deoarece asupra aspectului pielii se exercită mai multe influenţe, nu numai acelea de natură genetică – vorbim aici de influenţa unor factori precum poluarea, alimentaţia, starea generală a sănătăţii, stilul de viaţă, care în general diferă foarte mult de la mamă la fiică. Aşadar, fie că tenul mamei arată bine la o vârstă înaintată, fie că nu arată prea bine, regula este să ne îngrijim din timp, corect, folosind şi sfaturile descrise în această carte.

Pot să adorm şi nedemachiată, n-o să am probleme.

Orice produs cosmetic care conferă culoare sau luciu pielii formează pe aceasta o peliculă foarte subţire care, dacă se află mult timp pe faţă, poate avea un efect dăunător. Această peliculă împiedică pielea să respire, iar dacă rămâne prea mult nedemachiată, necurățată, ea poate cauza iritaţii, inflamaţii, acoperirea porilor şi, în timp, duce la deshidratare. Indiferent cât sunteți de obosite sau plictisite, spre seară găsiți-vă puţin timp pentru a vă curăţa pielea.

Nu ai acnee dacă îţi apar coşuri pe faţă la maturitate.

Chiar dacă nu mai arată la fel ca la pubertate, coşurile sunt tot coşuri. Dacă vă bucuraţi că, odată cu adolescența, s-a terminat și perioada coşurilor, ei bine, reconsideraţi acest aspect. Motivul apariției lor este scăderea nivelului de estrogen și creşterea nivelului hormonilor androgeni. Efectului nefast al hormonilor i se alătură stilul de viață modern, care include stres, poluare, alimentaţie de multe ori incorectă.

4

Trucuri pentru atingerea frumuseții ideale

Pensule

Ca să începem cu dreptul, vom face o scurtă și foarte interesantă incursiune în istoria pensulelor pentru machiaj, mai ales că povestea lor ne duce departe, în timpuri incredibil de îndepărtate, în anticul Egipt, atunci când ritualurile de frumusețe corporală ale femeilor bogate erau minuțioase și pline de răsfăț.

Cei care au studiat istoria frumuseţii au ajuns la concluzia că la început a existat pensula pentru tratamente corporale și estetice, iar abia mai târziu au apărut suratele lor, pensulele pentru machiaj. Chiar dacă machiajul se cunoștea și se folosea încă din timpuri imemoriale, acesta îi era aplicat unei femei de rang înalt numai de către oameni specializați în această meserie, lipsa oglinzilor făcând imposibilă o astfel de întreprindere pe cont propriu.

Într-un cimitir saxon datând din anii 500 – 600 d.H., în 1925 a fost descoperit un mâner metalic al unei pensule pentru machiaj; se pare că fusese un obiect extrem de important pentru posesorul ei, din moment ce a fost îngropat odată cu el.

Ca să înțelegem mai bine istoria pensulelor pentru machiaj, trebuie obligatoriu să o legăm de povestea inventării oglinzii, care s-a petrecut nu cu foarte mult timp în urmă, în jurul anului 1835, când un chimist german a depozitat o cantitate de argint pe o sticlă oarecare și și-a dat seama de proprietățile uluitoare ale acestui fapt: oamenii își puteau vedea propriul chip în luciul sticlei neinteresante de mai devreme. Evident, la început, costurile unei oglinzi erau extrem de mari și oglinzile erau considerate obiecte de lux, fiind dedicate exclusiv oamenilor din înaltele clase sociale ale acelei epoci.

Intuind potențialul comercializării lor la scară largă, germanii au brevetat producția de masă pentru oglinzi. De aceea se presupune că tot ei au inventat și pensulele de machiaj moderne, asta pe măsură ce oglinzile au pătruns, încet-încet, în toate păturile sociale. Iar japonezii, care foloseau dinaintea erei noastre pensule din păr de animal pentru caligrafie, și-au transferat talentul, în timpuri despre care nu se știe foarte mult, și asupra producției de pensule pentru tratamente corporale și machiaj.

În prezent, nici germanii și nici japonezii nu mai beneficiază de o tradiție manufacturieră importantă în producția de pensule pentru make-up. Cel puțin nu pentru clienții de lux, iar piața fabricării lor s-a deplasat considerabil către Asia, în special Coreea, Taiwan și China. Ba chiar și către Maldive.

În Europa au rămas câteva ateliere cu tradiție îndelungată ce produc pensule handmade. Din cauza varietății de păr animal natural folosit și a schimbărilor constante ce apar în stilul pensulelor pentru machiaj, ele sunt încă legate, tăiate și aranjate doar manual, o activitate ce necesită minuțiozitate, talent și, mai ales, multă experiență. Dar, evident, din cauza costurilor mici, mulți clienți se îndreptă către piața mult mai ieftină din Orient, și nu către cea handmade.

Însă, oriunde s-ar afla fabricanții, pensulele moderne din zilele noastre și producția lor pentru mase reprezintă victoria și democratizarea frumuseții pentru toate femeile, indiferent de clasa socială din care fac parte.

Pot să spun cu mândrie că primele pensule profesionale din România, fabricate în Franța într-un atelier cu tradiție manufacturieră de aproape 150 de ani și pe măsura tuturor cerințelor femeii moderne, au purtat, în România, marca mea, Anca Rădulescu, și am fost extrem de mândră de împlinirea acestui vis.

Pentru un make-up artist, pensulele reprezintă cu siguranță obiectul muncii, la fel ca talentul, fardurile pentru ochi, rujurile, fondurile de ten, bazele de machiaj, pudrele, paletele de culori pentru blush etc.

Pentru profani, achiziționarea unui mic set de pensule profesionale pentru uz personal va reprezenta mereu un plus deoarece atât calitatea pensulelor, cât și cea a produselor folosite se vor reflecta într-un machiaj reușit.

Setul minim de pensule pentru uz personal este format din:

- burete pentru fond de ten;
- pensulă pentru pudră;
- trei pensule pentru machiajul ochilor, două plate și un blender;
- pensulă pentru sprâncene;
- pensulă pentru blush;
- pensulă pentru aplicarea rujului.

Setul obligatoriu pentru un make-up artist profesionist ar trebui să fie format din:

- pensulă plată pentru fond de ten;

- pensulă blender pentru fond de ten;
- pensulă pentru corector plată;
- pensulă pentru corector blender;
- pensulă pentru pudră;
- 3 – 4 pensule plate pentru ochi, de diverse dimensiuni;
- 4 – 5 blendere de diverse dimensiuni;
- pensulă spiralată de sprâncene;
- pensulă pentru aplicarea fardului de sprâncene;
- pensulă evantai;
- pensulă pentru lumini și umbre;
- pensulă pentru blush;
- 2 – 3 pensule pentru ruj;
- pensulă mare, deasă, de pudră – pentru machiajul corpului (decolteu, brațe, picioare etc.).

Buze

Rectificarea buzelor prea groase

Pentru acest tip de rectificare, aplicați mai întâi un fond de ten cu putere mare de acoperire, apoi pudrați punctual. După aceea sunteți libere să redesenați foarte ușor conturul gurii în interiorul conturului natural. Machiați întotdeauna buzele groase cu o culoare discretă, desaturată, și evitați nuanțele prea strălucitoare.

Rectificarea buzelor prea subțiri

De obicei, buzele de acest fel îi dau posesoarei un aspect sever și chiar îi îmbătrânesc puțin chipul; în acest caz, avem tot interesul să le îngroșăm. Dacă folosim un ruj închis la culoare peste un roșu, nu se va vedea artificiul. Dar în toate celelalte cazuri aplicați o tehnică precisă pentru a depăși linia reală a buzelor. Unificați aceste două contururi cu fond de ten și pudră și desenați conturul definitiv cu un creion roșu. Umpleți partea „depășită“ cu pensula cu un ruj accentuat, peste care aplicați un șervețel pentru a absorbi excesul de ruj și a matifia suprafața, apoi pudrați din nou. La final, alegeți rujul de buze definitiv, care poate fi transparent sau roz natural, pe care îl aplicați pe toata gura astfel redesenată. În acest fel, este absolut imposibil să distingem artificiul, iar gura pare mai cărnoasă.

Rectificarea buzelor prea plate

Le reliefăm machindu-le în două tonuri. Subliniați conturul cu un ruj mai închis și machiați mijlocul buzelor cu un ton mai deschis. Este esențial să alegeți cele două tonuri de ruj în aceeași armonie de bază – de exemplu, două nuanțe de roz sau două oranj.

Rectificarea buzelor căzute

Ele îi dau posesoarei un aer disprețuitor și trist, îmbătrânindu-i expresia feței. Automat, la acest tip de buze trebuie întotdeauna să ridicăm prin machiaj colțurile gurii. Mai întâi desenați buza inferioară rotunjită și buza superioară cu colțuri foarte fine, cu o mișcare ușor crescătoare spre exterior.

Micile riduri din jurul buzelor

Aceste riduri fac adesea foarte dificilă trasarea exactă a conturului gurii, iar rujul se depune în ele, creând acumulări inestetice. Pentru a evita acest lucru, întindem buzele cu două degete, ca să ne ajute la trasarea conturului, apoi, cu un fond de ten cu putere mare de acoperire, redesenăm conturul gurii folosindu-ne de o pensulă plată în exteriorul liniei de creion. Fondul de ten va accentua și delimitarea gurii. Pudrați, apoi acoperiți buzele cu un ruj nu foarte gras. Dacă rujul este gras, vom fi atente să nu depăşim cu el linia de creion. Cel mai indicat ar fi să folosim un ruj rezistent la transfer, mat.

Ochi

Rectificarea ochiului rotund și proeminent prin machiaj

Ochiul rotund poate da un farmec inocent unui chip foarte tânăr, însă conferă și o expresie îndărătnică și puțin încăpățânată, mai ales dacă este exoftalmic. Este aproape întotdeauna de dorit să fie alungit prin machiaj.

Rectificarea ochiului afundat

Un ochi prea afundat dă un aspect trist și posac feței. Trebuie să modificăm forma ochiului (să-l mărim) și să-l înveselim prin machiaj, folosind culori deschise, luminoase.

Rectificarea ochiului „drept"

Ochiul „drept" (cel în care colțul intern și extern se află pe aceeași axă) este semnul unui caracter echilibrat și însoțește adesea o față lungă. Este necesar să subliniem prin machiaj conturul natural, urcând și îngroșându-l ușor spre exterior.

Rectificarea ochiului migdalat

Ochiul migdalat este considerat a fi ochiul cu forma ideală și feminin prin excelență. Este foarte rar întâlnit, așa că îi păstrăm forma armonioasă, pe care o accentuăm.

Machiajul ochilor prea apropiați

Acest tip de ochi sugerează un caracter taciturn, războinic. După canoanele esteticii, ochii sunt prea apropiaţi dacă între colțurile lor interne nu există spațiu suficient pentru a încăpea un al treilea ochi. Conturul ochiului trebuie prelungit la maximum spre exterior, evitând să subliniem colțul intern.

Rectificarea ochilor depărtați

Ochii depărtaţi se întâlnesc destul de rar şi dau feței un aer optimist. Conturăm ochii subliniind pleoapele, fără a prelungi linia în exterior, începând ușor să trasăm înainte de colțul intern, dinspre nas (o tehnică inversă decât cea pentru ochi apropiați). Se va reduce și adânci spațiul dintre ochi cu un fard de pleoape închis, care se va aplica pe prima treime a pleoapei superioare, estompându-l spre nas.

Machiajul ochiului cu pleoapa căzută

Pleoapa este căzută atunci când cuta orbitei coboară mai jos decât prelungirea liniei genelor inferioare. Ea face ca ochiul să pară trist. Conturați începând prin a sublinia linia genelor superioare și inferioare, întinzând ochiul până la cuta orbitei, însă fără a o depăși.

Machiajul ochiului la femeile mature

Când fața și-a mai pierdut din prospeţime, machiajul ochiului trebuie să fie delicat, luminos și discret, pentru a nu înăspri fața și a nu accentua semnele timpului. Nu exagerați cu machiajul, dar nici nu-l evitați.

Gene

Mascara în funcție de gene

Este cât se poate de limpede pentru toată lumea că evidențierea genelor cu ajutorul mascarei sporește expresivitatea privirii și-i dă un plus de feminitate, frumusețe și farmec. Genele lungi, dese, curbate și de o culoare intensă sunt prin excelenţă atribute ale feminităţii. Deşi, trebuie să o recunoştem, am întâlnit adeseori bărbaţi cu nişte gene demne de invidiat...

Totuşi, în istoria omenirii, machiajul genelor a mai avut un rol: acela de a stabili tendinţa generală a unei epoci. Astfel, direcţia oblică şi ascendentă a genelor superioare conferea dinamism, prospeţime şi tinereţe privirii doamnelor, în anii '40 şi '50 ai secolului trecut; machierea în egală măsură a genelor superioare şi inferioare din colţul extern până în cel intern sub formă de evantai redau moda anilor '20 şi '70 ai secolului XX, ajutând-o pe femeie să capete o privire de păpuşă; genele descendente în colţul extern conferă privirii lascivitate, senzualitate şi mister, exact ca la celebrele dive ale cinematografiei din anii '30 şi '60.

Rolurile mascarei:

- accentuează conturul ochiului prin culoare, iar alungirea şi volumul conferit fiecărui fir de păr măreşte şi subliniază frumuseţea ochiului;
- creşte senzaţia de tridimensionalitate şi, implicit, expresivitatea privirii;
- ajută la accentuarea anumitor trăsături de caracter sau îi dau o atitudine specială, plină de farmec, femeii;
- rectifică forma ochiului, modificând-o în bine.

Aplicarea mascarei:

- are loc întotdeauna după finalizarea machiajului ochilor şi după ce pudra de protecţie de sub ochi a fost îndepărtată;
- pentru mai mult volum, înainte de aplicarea mascarei se poate folosi o bază albă pentru gene, care va conferi şi un plus de lungime firelor;

- mascara se aplică folosind peria din tub îndoită la 45° față de coadă, pentru o aplicare mai ușoară și mai curată;
- după machierea genelor, pentru o separare mai eficientă a lor una de cealaltă, putem interveni cu o perie spiralată curată, neapărat înainte ca mascara să se usuce complet;
- este indicat ca genele inferioare să fie rimelate după ce produsul aplicat pe genele superioare s-a uscat;
- toate firele de păr vor fi machiate oblic;
- petele sau punctele de mascara de pe piele se pot îndepărta ușor cu un bețișor cu vată, însă numai după ce mascara s-a uscat foarte bine. Excepție fac produsele waterproof;
- reţineţi că încărcarea cu mascara a genelor inferioare este întotdeauna de evitat, deoarece îmbătrânește privirea.

Sprâncene

Designul sprâncenelor necesită experiență, timp, precizie, meticulozitate și multă atenție, toate concentrate în fiecare mișcare.

Probabil știți deja că sprâncenele unei femei nu seamănă niciodată cu ale alteia. Pentru a obține un efect „*wow*" aveți nevoie de un specialist, care să știe cum să corecteze prin machiaj sau prin stilizare tot ceea ce nu este în regulă la forma sau culoarea lor.

Șabloanele nu se pot încadra în standard, ca niște accesorii pe care le modelezi după cum scrie în carte sau în vreun prospect. Șabloanele nu fac altceva decât să ofere un rezultat generalist și limitat. Cum să se potrivească şase modele de șabloane miliardelor de femei cu fizionomii diferite? De exemplu, combinațiilor dintre rasele umane sau asimetriilor faciale.

Sprâncenele sunt cele care dau expresivitate feței, de aceea ele constituie un element-cheie în machiaj. Ele trebuie să fie în armonie cu celelalte trăsături.

Structura sprâncenei:

- baza sprâncenei – este partea situată deasupra nasului, este începutul ei;
- partea de mijloc – este partea cea mai puternic colorată, până la arcuire;
- coada – este partea cea mai subţire, culoarea ei fiind mai puțin pronunțată.

Efecte:

- sprâncenele ascendente vizual lungesc fața, o întineresc;
- sprâncenele orizontale scurtează fața și o lărgesc;
- sprâncenele descendente dau figurii o expresie tristă;
- sprâncenele apropiate micșorează distanța dintre ochi, dând senzația de „ochi apropiați";
- sprâncenele depărtate lărgesc fața și distanțează ochii, dând senzația de „ochi depărtați";
- când avem trăsături mici (ochi, buze), sprâncenele trebuie să fie subțiri;
- pentru trăsăturile ascuțite, aspre, sprâncenele trebuie să fie mai rotunjite;
- forma ideală a sprâncenelor este cea arcuită normal, natural.

Rectificarea sprâncenelor căzute, descendente

Ele dau chipului un aspect trist. Le ridicăm pensând dedesubt sfertul exterior, ceea ce degajă și ochiul, apoi redesenăm cu creionul, respectând forma ideală. O sprânceană căzută nu se poate justifica la o femeie tânără, care are o față frumoasă, fină și romantică. Dar și nici la o doamnă matură, splendidă, înțeleaptă și plină de viață.

Rectificarea sprâncenelor scurte și rotunde

Ele se întâlnesc adesea la un chip și un ochi rotund, conferindu-i posesoarei lor un aer naiv și mirat, de tip lunar. În acest caz, pensăm întreaga parte exterioară căzută (vârful) și o redesenăm cu creion, rupând linia și prelungind-o spre exterior.

Rectificarea sprâncenelor drepte

Ele indică un caracter echilibrat. Le modificăm foarte fin. Le pensăm foarte puțin în punctul de plecare, deasupra, și, dacă nasul nu este prea mare, accentuăm linia cu creionul, dar pe dedesubt, pentru a creea o mișcare ascendentă. Apoi adâncim ultima treime pensând pe dedesubt și rupând forma spre exterior cu puțin creion aplicat pe deasupra.

Rectificarea sprâncenelor groase

Le acceptăm mai ales la adolescente şi la fetele tinere, la care accentuează aerul juvenil; la femei se transformă în aspect voluntar, părând mai puţin îngrijite. Şi în acest caz le subliniem, însă fără exces, disciplinându-le; şi evităm creionul dacă sunt destul de bogate.

Rectificarea sprâncenelor rare

Ele indică o oarece indolență. Le reconstituim cu creionul, desenând sprânceana ideală prin mici linii ce imită implantul natural de păr și le dăm volum periindu-le cu o perie îmbibată în mascara, lucru care unește puful natural.

Rectificarea firelor rebele de la baza sprâncenelor

Dacă sunt lipsite de armonie, le eliminăm fără să ezităm. Ele dau un aer îndărătnic și posac, iar sprâncenele stufoase nu sugerează niciodată un aer îngrijit. Dacă este nevoie, le redesenăm cu creionul în punctul de pornire al sprâncenei.

Produsele ideale pentru rectificarea sprâncenelor ar putea fi reunite într-un kit care să conțină următoarele elemente:

- creion pentru sprâncene;
- creion pentru sprâncene cu aspect de tuș;
- fard cremos de sprâncene;
- fard prăfos pentru sprâncene;
- creion-ceară de sprâncene – ajută la aderarea fardului pulbere acolo unde pilozitatea lipsește;
- creion pentru iluminarea arcadei după pensat;
- gel pentru fixarea sprâncenelor pe toată durata purtării machiajului.

Nas

Aplicați fondul de ten obișnuit pentru toată fața, apoi rectificați după caz:

- Dacă nasul este prea lung și căzut, aplicați un fard mai închis, mat, pe partea ce trebuie scurtată și desenați buza superioară subțire și dreaptă.
- Dacă nasul este prea scurt, acordați-i mai multă importanță cu un fard foarte deschis sau chiar alb, pe care îl distribuiți pe partea superioară a nasului.
- Dacă nasul este prea lat, se subțiază aplicând fard închis pe fiecare parte a nasului, pe pereții săi laterali.
- Dacă nasul este prea îngust, adaugați un fard alb pe fiecare parte a nasului, pe pereții săi laterali (însă rareori este de dorit să lățim un nas fin).

- Dacă nasul este puțin deviat, trasăm o linie dreaptă, verticală de fard deschis pe linia nasului, însă o trasăm drept, fără a urma deviația lui naturală.

În toate aceste cazuri estompați cu grijă toate rectificările și apoi pudrați (dacă rectificarea nu s-a făcut cu fard de obraz). Putem, de asemenea, să corectăm forma nasului, modificând forma sprâncenelor:

- Pentru a face să pară mai subțire un nas lat, depărtăm sprâncenele pensându-le la baza celor două laturi ale liniei nasului. Apoi aplicăm o umbră pe pereții laterali ai nasului și o estompăm urcând până la sprâncene, însă doar în condițiile în care ochiul este înfundat.
- Pentru a da mai multă importanță unui nas prea mic, accentuăm punctul de plecare al sprâncenelor cu creion, apropiindu-le ușor una de cealaltă deasupra liniei nasului și îngroșăm din creion buza superioară.

Alegerea corectă a fondului de ten

Fondul de ten se alege în funcție de câteva criterii. Iată-le pe acelea mai importante:

– calitatea pielii;
– culoarea pielii;
– rezultatul pe care dorim să-l obținem.

Pentru machiajul de zi, cinema, televiziune, se recomandă emulsia, iar loțiunea este indicată pentru o piele matură. Pentru tenul acneic sau cu probleme, aplicați un fond de ten fluid și corector în aceeași culoare.

Nu se folosește sub nicio formă fond de ten compact pe pielea care se descuamează (adică este deshidratată grav).

Fond de ten fluid

Acest fond de ten este recomandat pentru o piele tânără, fără probleme. Este cel mai natural și prezintă avantajul de a nu accentua ridurile, așadar este recomandat și pentru pielea matură.

Fond de ten rezistent la transfer

Este un fond de ten mai mat, cu putere de acoperire mai mare, are un aspect uniform şi nu se aplică niciodată pe un ten ridat.

Fond de ten compact gras

Maschează major imperfecțiunile. Este dificil de aplicat deoarece are consistență densă. Nu se aplică pe un ten matur. Dacă este corect utilizat, cu ajutorul lui veți avea un ten perfect.

Fond de ten compact pudră

Se folosește în general la bărbaţi doar ca pudră; când îl folosim ca fond de ten, se aplică folosind buretele umezit în prealabil. Este ideal și pentru machiajul corector și transformațional.

Pentru alegerea corectă a fondului de ten potrivit, se aplică 2 – 3 nuanțe de fond de ten *de la baza mandibulei spre gât* și se așteaptă câteva minute pentru a vedea dacă sebumul din piele modifică pigmenții din fondul de ten.

Testul se realizează la lumină naturală și vom alege o culoare de produs asemănătoare culorii pielii gâtului. În același timp, pentru ca un fond de ten să arate perfect natural pe chipul nostru, este necesar să ținem cont de starea pielii, dar și de metoda de aplicare a fondului de ten – cu burete, cu pensulă, cu degetele (personal, nu o recomand) etc.

Fard de obraz – culori și texturi

Pentru acest tip de produs există o gamă imensă de culori, exact ca și în cazul fardurilor de ochi. Și în ceea ce privește textura avem o varietate destul de generoasă, cum ar fi blush-ul pudră, cel cremă, lichid sau gel – în funcție de fiecare brand în parte. Important este să ne alegem fardul de obraz cu grijă, în funcție de culoarea, problemele, vârsta și structura tenului, și mai ales să existe armonie cromatică în machiaj, respectiv să înțelegem că nu putem aplica un ruj roz pe buze dacă am folosit deja un blush oranj. Și exemplele pot continua, dar sunt sigură că deja ați înțeles ideea.

Ruj sau gloss?

Buzele nu conțin în profunzimea lor glande sebacee. Deseori ele se prezintă ca o zonă uscată, deshidratată, strânsă sau chiar descuamată. Dacă avem astfel de probleme, buzele nu sunt o bună bază pentru aplicarea rujului, mai ales a celui rezistent, care nu conține grăsime, ci ingrediente care usucă buzele și mai tare. De asemenea, trebuie să țineți cont de faptul că aspectul inestetic al buzelor uscate se dublează în cazul folosirii unui ruj sidefat sau al unuia de culoare închisă.

Pentru ameliorare, în aceste situații se impune ca, odată cu pregătirea tenului pentru machiaj, să tratăm buzele cu un balsam hrănitor și emolient care poate conține și mici particule pentru gomaj – după cum știți, acesta ajută la îndepărtarea pielii moarte de pe buze. Balsamul se lasă să acționeze până în momentul aplicării rujului, etapă care se realizează întotdeauna la finalul machiajului. Machiajul buzelor are ca prim pas ștergerea delicată a balsamului cu un șervețel demachiant, iar în cazul în care aspectul buzelor nu s-a ameliorat, se aplică doar un gloss, și nu ruj – acesta, după cum v-am spus deja, ar evidenția calitatea necorespunzătoare a buzelor.

Glossul și rujul gras trebuie evitate atunci când în jurul buzelor există o rețea fină de riduri – riscăm ca produsele să migreze în micile șanțuri de lângă gură, dând un aspect neîngrijit întregii zone.

Fond de ten sau BB cream (CC cream)?

În funcție de problemele de ten pe care le avem, putem opta fie pentru BB cream (același lucru este valabil și pentru CC cream), fie pentru fond de ten.

Trebuie să știți din start că BB cream, prescurtare de la „blemish balm“ (în traducere: „balsam ce corectează imperfecțiunile“), nu are acoperire deoarece constă într-o cremă hidratantă, foarte ușoară, și un conținut de pigmenți de maximum 5%. Așadar, în cazul folosirii unui BB cream, acoperirea problemelor de ten va fi, practic, inexistentă.

CC cream, prescurtare de la „color correcting“ („corectarea culorii“), este un produs multifuncţional: pe lângă corectarea culorii tenului, realizată prin pigmenţii de fond de ten în procent mai mare de 5%, are şi rol de hidratare, ascundere a imperfecţiunilor, protecţie solară, matifiere etc.

În concluzie, BB cream sau CC cream se pot folosi doar în situația în care ieșim din casă la o plimbare scurtă, dar în cazul unui machiaj profesional, unui machiaj de seară reuşit, al unuia festiv sau de tip show-fantezie nu vom folosi niciodată BB sau CC cream, ci fond de ten.

Pudră compactă *vs.* pudră pulbere

Atunci când alegem pudra, compactă sau pulbere, trebuie să ținem cont de machiajul pe care dorim să îl obținem: dacă dorim un machiaj natural, de beauty, alegem pudra pulbere translucidă în mod special, iar pentru un machiaj mai acoperitor alegem pudra compactă. În general, pudra compactă are un efect puternic și este vizibilă, dar nu ne dorim așa ceva la lumina zilei, de exemplu. Nu este recomandat să folosim pudră compactă dacă avem un ten matur. Dacă avem acest produs în trusa de machiaj pe care o purtăm zi de zi cu noi, atunci este indicat să o folosim cât mai puțin.

Eyeliner sau creion contur?

Bună întrebare! Ca să fie foarte clară diferența dintre aceste produse, să începem prin a defini anumiți termeni.

Conturarea înseamnă precizarea și accentuarea limitelor unei zone pentru a o scoate mai bine în evidență, acest lucru realizându-se de regulă cel mai eficient printr-un element grafic (linie). Iar din punctul de vedere al culorii folosite, conturarea e cu atât mai vizibilă cu cât produsul de contur este mai contrastant prin nuanță sau tonalitate față de zona care trebuie conturată.

Conturarea cu cea mai mare putere de accentuare este realizată printr-o linie foarte precisă și intensă de culoare neagră, dar un accent mai fin, mai slab, poate fi obținut printr-o linie de contur ușor estompată. Cu cât este mai palid conturul, cu atât se va pierde senzația de evidențiere și zona respectivă va atrage atenția mai puțin.

Așadar, în funcție de efectul pe care dorim să-l obținem, putem alege să aplicăm un contur ce conferă un aspect natural privirii și care poate fi aplicat pe timp de zi (creion) sau tușul (eyeliner), care creează o linie grafică foarte evidentă, ce nu se poate estompa. Acesta este de obicei recomandat la machiajele de seară mai complexe și mai sofisticate. Dacă țineți cont și de vârstă, atunci știți deja ce aveți de făcut, nu-i așa?

Tușul (eyeliner) este un produs de machiaj al ochilor ce se găsește sub mai multe forme: lichid, cremă, pastă și gel. Cu ajutorul lui se obțin linii grafice. Se folosește cu pensule plate, subțiri sau cu vârf ascuțit, foarte fine. Se fixează prin uscare și astfel aderă pe suprafața pielii.

Recomandări de folosire:

- Se trasează pe pleoapa superioară o linie neîntreruptă, dinspre colțul intern spre cel exterior, depășind puțin colțul ochiului.
- Linia din colțul interior trebuie să fie foarte fină și îngustă și să se îngroașe progresiv spre colțul exterior.

Creionul contur (de ochi) natural este din fabricat din cărbune cu un conținut mare de ceară și se numește Kohl sau Kajal; se poate folosi pentru linii precise sau estompate ulterior trasării lor cu o pensulă pentru contur, plată sau teșită. Rămâne gras pe piele și nu are o foarte mare stabilitate. De aceea e foarte important să-l fixăm cu fard pudră pentru pleoape.

Recomandări de folosire:

- Aplicăm din colțul exterior al ochiului, prin mici linii întrerupte, până ce avansăm spre colțul interior al ochiului și se creează un contur. Atenție, creionul contur nu trebuie lăsat niciodată neestompat! Acesta are un efect mai intens pe colțul exterior al ochiului. Pe pleoapa inferioară nu se folosește fard și creion pe timp de zi.
- Creionul contur are un conținut antibacterian și, prin textura sa moale și originea sa naturală, poate fi perfect

suportat de mucoasa ochilor, așadar este singurul produs recomandat a fi folosit astfel.

Machiaj și vestimentație în armonie

Ceea ce trebuie să știm mai întâi de toate este că machiajul trebuie *să completeze* ținuta și coafura și *să se armonizeze* din punct de vedere cromatic cu vestimentația. De exemplu, dacă aveți o ținută multicoloră, machiajul ar trebui să fie în tonuri de nude deoarece aspectul nostru în întregul său ar fi prea încărcat în cazul în care am folosi în machiaj culori din ținută. Cel mult, putem alege o singură culoare din vestimentație, cea care ne place și creează contrast cu nuanța irisului. O vom putea aplica la nivelul ochilor sau la nivelul buzelor.

În armonia dintre coafură, machiaj și ținută, să nu uităm niciodată să ne adecvăm ţinuta în ansamblul ei cu momentele pe care le trăim și cu evenimentele la care participăm. Nu cred că vi se pare potrivit și nici că v-ar plăcea să mergeți la scuba diving cu gene false, rochie lungă cu paiete și coc de nașă...

Iată câteva exemple de care m-am ciocnit, din păcate, de cam prea multe ori în viață.

Nu-i așa că ați întâlnit și voi odată la plajă o jună abia ieșită din adolescență, cu gene false, din plastic, fluturând senzual către onor toată tagma masculină ce se prăjea conștiincios pe șezlonguri, în bătaia brizei?

Explicați-mi, vă rog, care este algoritmul după care judecă lucrurile o asemenea splendoare de fată: se crede cumva pe o scenă? A greșit locul, a nimerit din greșeală la plajă când ea dorea, de fapt, să ajungă la defilarea de costume de baie pe vreun podium? Ori poate că o educație precară legată de machiaj a contribuit la asta? Probabil că toate întrebările au răspunsul corect inclus.

Cât este de frumos să te trezești dis-de-dimineață, să îmbraci costumul de jogging şi să alergi prin parc, la aer curat, la 7 dimineața! Și cât de sănătos este! Dar stați așa! Mi s-a stricat ceasul? Că nu înțeleg – tocmai mi-am încrucișat privirile cu alergătoarea care venea din sens opus: are smokey eyes, un ruj roșu aprins pe buze și cam vreo 4 cm de fard, așezat, probabil, cu ochii închişi, lipiţi de somn...

Am ajuns la sală, am ora de cardio. Probabil că genul acesta de exercițiu nu-mi face niciun serviciu sănătații, cred că nu mai văd bine. Altfel nu înțeleg ce caută glitterele pe ochii vecinei mele de chin. Glittere la sala de fitness?? Eu mă las de sală, categoric nu-mi face bine dacă am asemenea vedenii...

Am întâlnirea aceea de business pe care o aștept de mult timp, iar doamna importantă de la firma pe care o admir atât de mult se lasă așteptată puțin. După ce a sosit, am înțeles de ce întârziase: încercase, probabil, să-și mai șteargă din machiajul excentric, deloc office, de pe față – știa că se întâlnește cu un make-up artist. Probabil că aterizase la muncă direct de la vreun club, altfel nu pricep ce era cu explozia aceea de culori țipătoare de la ochii ei, în miezul însorit al unei zile de birou...

Iubesc nunțile! De altfel, mărturie pentru asta stau multele perechi de fini pe care i-am nășit de-a lungul timpului, ulterior și copiii frumoși pe care i-am creștinat cu atâta bucurie. Însă de curând, la o nuntă la care am fost invitați, am avut un șoc: soacra mică avea un machiaj de zi pe jumătate dus de pe față, iar biata nașă mai avea un pic și plângea – era machiată de show și mai multe nu...

Sigur că exemplele ar putea continua, dar eu cred că deja ați prins ideea – asigurați-vă că machiajul vostru este într-o armonie deplină cu activitatea pe care o veți desfășura în timpul zilei, cu ceea ce reprezentați în acel moment, perfect adaptat momentului și ținutei voastre. Nu vă machiați de spectacol la piscină, la jogging sau la sala de forță, nu vă machiați ca atunci când mergeți la cumpărături când aveți un eveniment deosebit de onorat.

Lucrurile importante stau în detalii.

Gene false / gene naturale

Deși aproape toți ne-am născut cu gene care să ne încadreze frumos și natural ochii, unii dintre noi le au mai lungi și/sau mai dese, pe când alții le au mai rare și/sau mai scurte. Dar, cu siguranță, toate femeile își doresc să le aibă cât mai lungi, mai dese, mai negre și mai curbate. Mascara și alte cosmetice de pe piață pot ajuta la o alungire și o îngroșare a genelor naturale, dar nu întotdeauna efectul este atât de intens pe cât ne-am dori pentru că uneori e imposibil de obținut un astfel de rezultat doar cu ceea ce ne-a dat natura. Spre norocul nostru, în prezent, inventarea genelor false ne poate oferi exact intensitatea privirii pe care ne-o dorim la un moment dat.

Genele lungi și dese ajută ochii să fie mai expresivi, mai mari, mai senzuali, mai seducători, atrăgând atenția asupra lor. Cum din când în când fiecare femeie își dorește un look glamour în cadrul unei ocazii speciale, alteori doar să arate superb cu un machiaj discret sau chiar fără prea mult machiaj, iată că soluția genelor false ne este acum la îndemână. Și ea ne-a fost oferită de civilizația modernă, odată cu apariția genelor false în industria de frumusețe, astăzi având posibilitatea unui acces rapid la ceea ce ne dorim, atunci când ne dorim. Tocmai de aceea, rar veți vedea o vedetă pe covorul roșu care să nu folosească genele false. Vincent Longo, make-up artist, spunea că „secretul cel mai bine păstrat din machiaj sunt genele false". Evident – și e limpede și de ce: pentru că niciun produs de beauty nu face ca o femeie să arate fabulos precum o pereche de gene false perfect potrivite și aplicate. Iar dacă îți acorzi timpul necesar să înveți cum să le aplici corect, nimeni nu-și va da seama că nu sunt ale tale.

Există situații când lupta împotriva cancerului aduce multe femei în situația de a-și pierde o mare parte din păr, deci și din gene și sprâncene. În aceste cazuri, genele false le oferă doamnelor șansa unui aspect ca acela dinaintea tratamentelor, la pachet cu tot confortul psihologic de care e atâta nevoie în astfel de situații. De asemenea, chiar și în situațiile normale de viață, dacă femeile au perii genelor scurți, tociți sau cu zone de goluri, genele false sunt o soluție perfectă pentru redobândirea frumuseții ochilor. În toate aceste cazuri, genele false de tip bandă, dar cu banda transparentă, sau genele individuale sunt soluții ce pot oferi un aspect natural ochilor, redând frumusețea și naturalețea privirii.

Când alegem genele false, mai întâi trebuie să știm ce efect dorim să obținem – abia plecând de la asta alegem tipul de gene. De exemplu, dacă dorim un accent sofisticat, dar subtil, alegem câteva gene individuale, plasate la colțul exterior al ochiului.

Cu un pic de grijă, genele false pot fi folosite cu succes în nenumărate aplicări și oferă acel plus pe care fiecare femeie și-l dorește. Evident, nu există limită pentru folosirea lor, totul depinde de fantezia noastră. Important e că genele false ne pot oferi bucuria unui look plin de glam și sunt mai ușor de aplicat decât ați crede. Ele sunt și cheia pentru a obține repede și ușor ochi bine conturați, cu o privire intensă și seducătoare. Încercați, o să înțelegeți perfect despre ce este vorba.

Corector sau anticearcăn?

Aceste produse se folosesc local pentru a masca imperfecțiuni. Corectorul, cu rol de a corecta imperfecțiunile din zona ochilor, se aplică intern și pe linia cearcănelor cu o pensulă sau cu buretele, apoi se estompează bine în jur și se tapotează delicat, uniformizând culoarea și ascunzând astfel și cele mai vizibile cearcăne.

Spre deosebire de corector, anticearcănul conține particule luminoase, așadar reflectă lumina, atrăgând atenția asupra acelei porțiuni de pe chip. El se poate aplica după corector deoarece, dacă va fi folosit înainte, nu va face nimic altceva decât să scoată în evidență și mai mult cearcănele, în loc să le estompeze și să le acopere.

Produsele pot fi folosite separat sau împreună, dar depinde întotdeauna de ceea ce se presupune a fi acoperit, de vârsta tenului și de calitatea pielii din jurul ochilor.

Ghid pentru alegerea produselor necesare unor machiaje reușite

Ce-ar trebui să conțină trusa noastră extinsă de machiaj? Pentru că suntem femei cochete, sigure pe ele, frumoase, informate și puternice, ne dorim să avem o trusă „echipată“ ideal, dar în același timp suntem atente să nici nu ne aruncăm banii pe fereastră pe produse inutile doar de dragul de a avea cât mai multe jucării.

Schițez mai jos un ghid perfect pentru alcătuirea trusei ideale. Atenție, nu cea de poșetă, de prim ajutor în machiaj, ci aceea în fața căreia ne așezăm zi de zi și ne pregătim să prezentăm lumii un chip luminos, frumos, plin de șarm și vitalitate.

Nu uitați că absolut toate produsele trebuie să fie perfect adaptate tipului vostru de ten, cât și vârstei acestuia.

Iată ce trebuie să conţină trusa:

- baza de machiaj;
- crema de ochi, obligatorie înainte de aplicarea fondului de ten;
- fond de ten potrivit tenului şi problemelor avute de-a lungul timpului;
- corector potrivit cearcănelor proeminente sau mai puțin proeminente pe care le avem;
- pudră translucidă;

- creion contur pentru ochi, în nuanțe de maro și negru;
- o paletă de farduri nude (de la ivoire și până la maro închis);
- câteva culori roz prăfuit, somon și piersică – farduri de ochi;
- fard și creion de sprâncene;
- mascara după anotimp – vara este de preferat un mascara waterproof;
- tuș – dacă e cazul;
- blush, atât roz prăfuit, cât și piersică;
- ruj nude, roșu (dacă e cazul), roz și piersică;
- creioane contur pentru buze – adaptate nuanței rujurilor;
- pudră iluminatoare pentru pomeți;
- set de bureți pentru aplicarea fondului de ten, de unică folosință;
- un set de pensule basic (trebuie dezinfectate dupa fiecare folosire);
- ascuțitoare;
- șervețele demachiante;
- apă tonică;
- dezinfectant pentru pensule;
- pensetă;
- bețișoare cu vată.

Vă asigur că această trusă de farduri vă va asigura tot confortul necesar realizării unor machiaje absolut perfecte pentru toate tipurile de make-up de care aveți nevoie, în funcție de activitățile proprii: machiajul office, de zi, de seară și festiv. Totuși, pentru machiajele festive vă recomand să apelați mereu la serviciile unui make-up artist profesionist.

Trusa de prim ajutor în machiaj

Femeia modernă, preocupată inclusiv de felul în care arată –, pe principiul că, până ne descoperă cineva frumusețea interioară, se lovește inevitabil de cea exterioară –, pleacă de acasă dimineața și se întoarce la amurg. Sau nici măcar atunci, obligațiile sociale reținând-o în afara casei până la lăsarea întunericului. Și chiar dacă asta nu se întâmplă mereu și lipsim de acasă doar cele 8 ore de muncă, plus drumul până la serviciu, plus timpul aferent cumpărăturilor ori luării unei mese cu o prietenă, întreținerea unui machiaj proaspăt și reușit în fiecare moment al zilei reprezintă o necesitate.

Pentru aceasta, este necesar să avem o trusă de prim ajutor, care să conţină strict necesarul pentru retuşarea machiajului şi reîmprospătarea chipului nostru frumos, aranjat de cu dimineață. Însă, doamnelor, de ce trebuie să cărăm după noi jumătate din casă de fiecare dată când ieșim pe ușă? De ce trebuie să măturăm toată măsuța de toaletă adunând totul grijuliu, dar de-a valma, în poșetă? Da, imaginea noastră are nevoie de un retuș din când în când – este o formă de respect de sine –, însă uneori suntem tentate să luăm după noi tot arsenalul de farduri din dotare pentru că nu știm exact ce ne este cu adevărat necesar pentru reîmprospătarea chipului. Credeți-mă, nu este necesar: produsele esenţiale menținerii unui look îngrijit de-a lungul unei întregi zile nu sunt atât de numeroase!

Aşa că, în cele ce urmează, propun o listă cu ceea ce o femeie cochetă trebuie să aibă mereu în poşetă, fie că este vorba despre varianta de machiaj de zi sau cea de seară.

- oglinda – poate fi şi una inteligent încorporată într-o pudrieră;
- pudra compactă – de mare ajutor pentru acoperirea efectului lucios al pielii;
- un corector – pentru a corija imperfecțiunile tenului, cele ce răzbat cu încăpățânare de sub make-up;
- un creion negru sau maro ori în culoarea machiajului pe care-l aveți în ziua respectivă. Obligatoriu waterproof (rezistent la apă). În acest fel, doar cu un mic retuș, machiajul vostru va arăta ca și cum a fost abia scos din cutie.
- ruj sau gloss – absolut de neuitat acasă! Buzele rujate își pierd din prospețime chiar și dacă am băut doar un pahar cu apă. Dacă rujul e din gama celor rezistente la transfer, am scăpat de o mulțime de retușuri și vom arăta perfect în fiecare clipă a zilei. Asta nu înseamnă însă că-l putem omite din trusa noastră. Efectul lui durează ceva, dar nu infinit și nu în orice fel de condiții.
- nu vă lăsați acasă blush-ul! Fardul de obraz ținut bine la îndemână ne va ajuta să ne recăpătăm culoarea în obraji dacă şeful ne dă vestea că trebuie să rămânem peste program (glumesc, desigur, dar ați înțeles perfect ce vreau să spun);
- șervețele absorbante – cele care, presate în zona T, absorb imediat grăsimile ce s-au acumulat la nivelul pielii și vor să năvălească peste machiaj direct sub ochii privitorilor. Aceste şervețele absorb instantaneu sebumul în exces și matifiază pielea. Textura de bumbac reduce luciul pielii și o păstrează mată timp îndelungat.

Toate produsele de mai sus, frumos așezate într-un portfard cochet, compact și ocupând foarte puțin spațiu, nu ar trebui să lipsească niciodată din poșeta unei femei atente la imaginea ei. Însă nu recomand să vă plimbați zi de zi cu tubul de mascara după dumneavoastră și nici cu paletele de culori pentru umbre. Dacă acestea sunt de calitate și vor fi aplicate corect înainte de a pleca de-acasă, vor rezista foarte bine întreaga zi. În plus, așezate strat peste strat, s-ar putea să producă exact efectul contrar așteptărilor: o supraîncărcare a genelor și a pleoapelor duce la un aspect grosolan și neîngrijit al întregului machiaj.

Sper ca lista mea să vă fie de folos. În orice caz, în afară de faptul că produsele din listă sunt eficiente, cu siguranță poșeta vă va fi mult mai ușoară. Iar fiecare doamnă va arăta impecabil de la plecarea de acasă și până la întoarcere, indiferent de ora la care se va întâmpla asta sau de obligațiile sociale pe care le va avea de dus la bun sfârșit.

Erori de evitat în machiaj

Sunt extrem de multe erori care se fac în machiaj, despre unele dintre ele am scris deja în alte capitole. Toate însumate, dar și luate separat, pot aduce deservicii de imagine, așa că o să vă rog să le citiți cu mare atenție și să nu uitați să vă feriți de ele. Aveți mai jos câteva dintre cele mai grave erori, pe care vă rog să încercați să le evitați dacă vă doriți ca arma machiajului să funcționeze perfect, nu să vă aducă deservicii suplimentare.

- Omiterea cremei hidratante – este obligatoriu să vă începeți machiajul cu o cremă hidratantă cu protecție solară; astfel, vă veți bucura de o bază de machiaj care vă va îmbunătăți aspectul tenului, dându-i o tentă de prospețime și luminozitate.
- Aplicarea greșită a cantității de fond de ten – ori prea mult, ori prea puțin.
- Culoarea fondului de ten este greșit aleasă, producând astfel un efect de mască.
- Corectorul este ales într-o nuanță prea deschisă, iar asta duce inevitabil la evidențierea cearcănelor.
- Sprâncenele machiate foarte intens dau chipului un aspect nenatural, de păpușă, uneori chiar ridicol.
- Mărirea exagerată a buzelor.
- Aplicarea în exces a fardului de obraz (blush) poate avea efect de machiaj de clovn.

- Lipsa totală a fardului de obraz duce la o uniformizare nenaturală a culorii tenului, efectul final fiind de oboseală, de lipsă a culorii în obraji.
- Folosirea în exces a creionului contur de ochi (dermatograf) și fără o estompare ulterioară micșorează ochii și scoate în evidență vasele capilare din globul ocular, făcând ochii să pară obosiți.
- Neîmprospătarea machiajului pe timpul zilei duce la un efect de chip neîngrijit, de look lipsit de prospețime, din cauza liniilor de creion șterse inestetic sau de ruj estompat pe anumite porțiuni, de imperfecțiuni ieșite la iveală de sub corectorul deja dus de pe piele.
- Fardarea excesivă a pometilor cu blush-uri prea strălucitoare în timpul zilei nu este indicată – în lumină naturală vor avea un efect nepotrivit.
- Creionul contur prea închis la culoare folosit pentru evidențierea buzelor în culori total diferite de cele ale rujului sau ale glossului folosit dă chipului un aspect vulgar, îmbătrânit și neîngrijit.
- Sprâncenele conturate cu creion negru înăspresc fizionomia.
- Fardurile în pulbere folosite excesiv pe o pleoapă matură duc la accentuarea ridurilor, dând un aspect inestetic.
- Folosirea în exces, dar și neconformă, a corectorului pe timpul zilei subliniază imperfecțiunile tenului.
- Iluminatorul folosit prea mult pe zona cearcănelor sau a pungilor de sub ochi le poate scoate în evidență, acest produs conferindu-le un volum mult mai mare.

Cuvânt final

Știu că această carte vă va ajuta să deveniți mai frumoase și mai puternice, pentru că am scris-o cu sufletul deschis și cu inima plină de iubire pentru toate femeile.

Țineți-o aproape de noptiera voastră seara, iar ziua schimbați-i locul pe măsuța de machiaj, pentru că am ales lucruri importante din toate tainele artei machiajului, special pentru voi, toate femeile grozave ce o vor citi, cunoscute sau necunoscute, dar pe care le va uni întotdeauna gândul că merită să fie frumoase până la capăt, indiferent cât au de trudit peste zi.

Am scris-o cu responsabilitatea celor 20 de ani de când performez în această meserie și cu dragostea și credința că lumea va deveni un loc mai bun pentru femeile puternice dacă ele vor ști să le arate tuturor chipul lor unic, dar și bucuria de a fi mereu frumoase. Splendide!

Vă mulțumesc că mi-ați citit cartea și visez să ne întâlnim cândva și să-mi povestiți cum v-a schimbat viața în bine tot ce-ați aflat aici despre voi, despre frumusețea voastră și despre puterea de a rămâne mereu femei desăvârșite.

Până atunci, puneți-vă amprenta de neșters în această lume prin frumusețea voastră, prin fericirea de a fi mereu încrezătoare în voi, în darurile voastre unice. Nu vă lăsați conduse decât de bucurie, de dorința de a face bine, de ambiția de a lumina cerul cu ochii voștri limpezi, de a naște frumusețe și iubire. Aceasta e forța noastră, a femeilor: să nu ne dăm bătute în fața problemelor inerente din viață, să nu abandonăm niciodată bucuria de a fi femei, de a fi frumoase, de a fi admirate.

Dragi doamne și domnișoare, învățați să nu faceți rabat de la îngrijirea propriei ființe, să vă iubiți și să vă respectați suficient încât să arătați lumii cea mai luminoasă privire, cel mai strălucitor surâs și cea mai caldă nuanță a chipului vostru. Să credeți în puterea benefică pe care frumusețea voastră o poate exercita asupra Universului și să știți, până la capăt, că noi, femeile, am fost și vom rămâne mereu zâmbetul de pe chipul timpurilor pe care le trăim.

Cu drag,
Anca Rădulescu

Mulțumiri

Este o tradiție de la care n-aș vrea să mă abat cu niciun chip, aceea ca autorul să-și exprime, la final de drum, recunoștința față de aceia care i-au fost alături și l-au ajutat în alcătuirea lui ca om, ca profesionist și, implicit, i-au fost alături pe drumul parcurs în viață până la scrierea paginilor cărții sale. Dacă spațiul mi-ar permite, le-aș mulțumi tuturor celor care, de-a lungul vieții mele personale și profesionale, au fost lângă mine și m-au încurajat să devin ceea ce sunt.

Fiicei mele, Ioana, pentru îndrăzneala și creativitatea artistice cu care mă înconjoară, pentru bucuriile pe care mi le aduce și care mi-au marcat întotdeauna rolul de mamă.

Soţului meu, Florin, pentru că m-a făcut să privesc cu optimism doar spre înainte, pentru că mi-a acceptat efervescenţa şi mă iubeşte necondiţionat.

Părinţilor mei, pentru că m-au îndrumat până am devenit capabilă să aleg singură drumul drept în viaţă. Ei m-au învăţat credința, respectul şi iubirea. Nu ştiu dacă îmi va ajunge o viaţă să le spun cât îi iubesc.

Neprețuitei mele mame, o adevărată și aprigă leoaică, și îngerului meu din Ceruri, dragului și iubitului meu tată – le mulțumesc pentru că m-au îndrumat până am devenit capabilă să aleg singură drumul drept în viaţă. Ei m-au învăţat credinţa, respectul şi iubirea. Nu ştiu dacă îmi va ajunge o viaţă să le spun cât îi iubesc...

Mihaelei Rădulescu, toată gratitudinea! De la ea am învăţat să nu mă mulţumesc cu firimiturile de la masa vieţii, de la ea am învăţat că valoarea se vede din felul în care mergi, din lucrurile despre care îţi face plăcere să vorbeşti, din felul cum te îmbraci şi cum gândeşti despre alţii, din muzica pe care o asculţi, din felul cum îţi petreci timpul liber.

Soacrei mele, Marilena, îi sunt recunoscătoare pentru că mi-a deschis ochii şi că datorită ei sunt azi esteticiană şi make-up artist.

Socrului meu, Tucu, încă un înger ocrotitor de acolo de Sus, unde a plecat atât de devreme, îi mulțumesc cu recunoștință pentru că mi-a fost un adevărat părinte, un real exemplu de noblețe și delicatețe sufletească.

Surorii mele, Dana Hinoveanu, îi mulțumesc fiindcă mi-a fost sprijin în momentele dificile ale vieții și sfetnic când am avut nevoie de unul.

Prietenei mele Carmen Voinea-Răducanu, de la care am învăţat că omul se cunoaşte din felul cum își alege prietenii, din cărţile pe care le citeşte şi din modul cum își poartă poverile.

Florentinei Calcan, căreia îi mulţumesc pentru că mi-a spus mereu ca nici măcar să nu încerc să zbor vreodată alături de vulturi dacă scurm în ţărână alături de găini. Datorită ei mi-am atins un mare vis.

Răditței Popescu, prietena mea cea mai bună, plecată fulgerător de lângă mine cu două săptămâni înainte de apariția acestei cărți, îi mulțumesc pentru că m-a iubit ca pe o soră, pentru că m-a primit și m-a păstrat în sufletul ei generos în pofida a tot ceea ce viața ne-a așezat în cale. Mulțumesc, Înger Păzitor, pentru darul tău de prietenie frumoasă, valoroasă și necondiționată!

Daniel Popescu, îți mulțumesc și ție pentru aceleași daruri și-ți doresc să ai toată puterea de a merge mai departe pe care Rădi și-ar fi dorit-o pentru tine! Cu noi mereu alături!

Rodica Crăciun și Mugur Truică, primii noștri prieteni când ne-am mutat în București, vă mulțumesc pentru că ne-ați primit în familia voastră, pentru bucuria serilor frumoase petrecute împreună și nu în ultimul rând pentru site-ul meu, la a cărui realizare Mugur a muncit enorm.

Elenei Pană, pentru încurajări şi pentru norocul ce mi l-a purtat în cei 10 ani de atelier „Make-up Anca Rădulescu".

Ginei Pădureanu, avocată și om drag inimii mele, pentru delicatețea și generozitatea prieteniei sale.

Irinei Şerban îi sunt recunoscătoare pentru cum mi-a fost și mi-a rămas mereu alături, indiferent de înălțimea și forța valurilor vieții care ne-au scuturat corabia.

Danielei Nahmany, un înger acum, îi voi purta mereu o amintire plină de gratitudine și grație pentru tot ceea ce a făcut pentru mine în momentele dificile ale vieții.

Editurii For You, doamnei director Camelia Soceanu și redactorului-șef Carmen Radu le mulțumesc din adâncul inimii pentru încredere și pentru prietenia dezinteresată.

Şi, nu în ultimul rând, le mulțumesc cu drag și tuturor cursanților mei, oameni speciali și talentați care m-au creditat cu încrederea lor și mi-au întărit credința în misiunea mea de a duce arta machiajului mai departe, predând-o viitoarelor generații de make-up artiști.

Un mare „Mulțumesc" tuturor!

Cuprins

Foto © Florin Rădulescu

Foto © Florin Rădulescu

Foto © Marius Bărăgan

Foto © Florin Rădulescu

Foto © Marius Bărăgan

↑ Cu Ioana, fiica noastră

↑ Cu Mihaela, la filmările pentru „Românii au talent”

Album

DE FAMILIE

Cu Ioana,
PUIUL MEU

Foto © Florin Ioniță

Cu Florin,
JUMĂTATEA MEA

Cu familia,
PRIN LUMEA LARGĂ

Foto © Florin Rădulescu

Pregătiri pentru
diverse emisiuni

Foto © Florin Rădulescu

În exercițiul
FUNCȚIUNII

Foto © Florin Rădulescu

Foto © Florin Rădulescu

La școala de make-up

„ANCA RĂDULESCU"

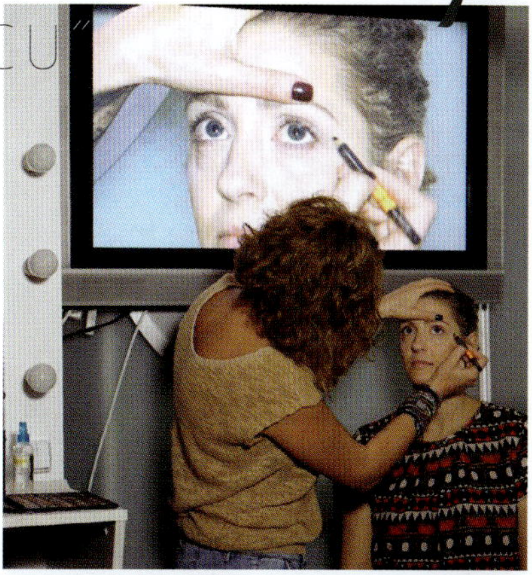

Foto © Florin Rădulescu

Foto © Florin Rădulescu

ANCA
Rădulescu

Foto © Florin Rădulescu

ANCA
Radulescu

scoala de make-up
ANCA
Radulescu
.ro

scoala de make-up
ANCA
Radulescu
.ro

scoala de make-up
ANCA
.ro

Foto © Florin Rădulescu

Foto © Florin Radulescu

↑ TV Nova Brașov, Premiul „Cel mai bun make-up artist al anului" (2011)

→ La Deva, după decernarea premiului societății civile „Premianții fără premii", (martie 2015)

Ca de la premiant
LA PREMIANT

Cu părintele Constantin Necula, înmânându-i diploma „Premianții fără premii" (Deva, 2016)

Foto © Florin Rădulescu

Foto © Florin Rădulescu

↓ Cu Irina Șerban, asistenta mea și trainer la Școala de make-up „Anca Rădulescu"

↑ Cu Bobbi Brown, modelul meu în viața profesională (Londra, 2015)

Machiajul
DE ZI

Foto © Florin Rădulescu

Machiajul
DE SEARĂ

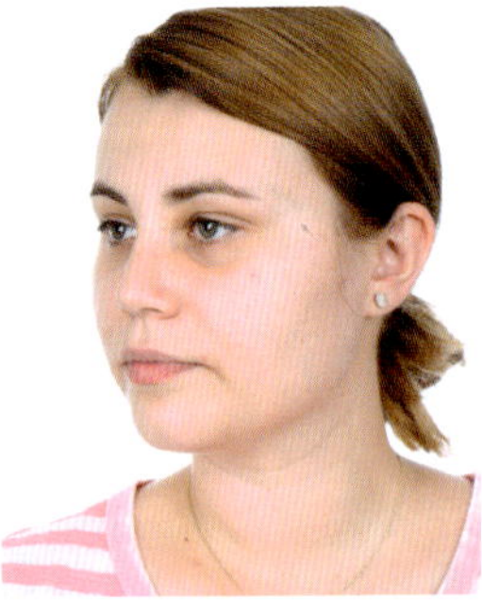

Foto © Florin Rădulescu

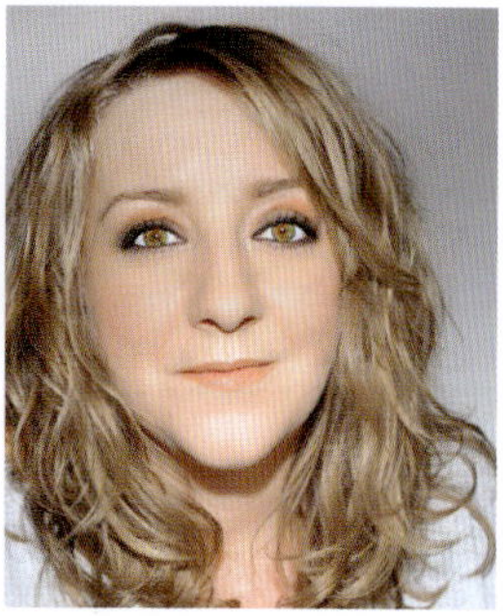

Foto © Florin Rădulescu

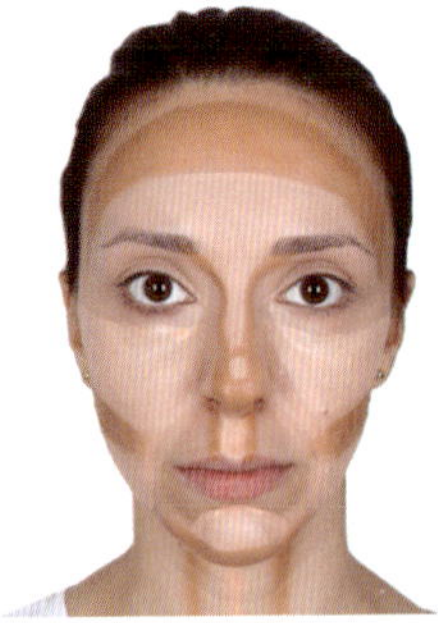

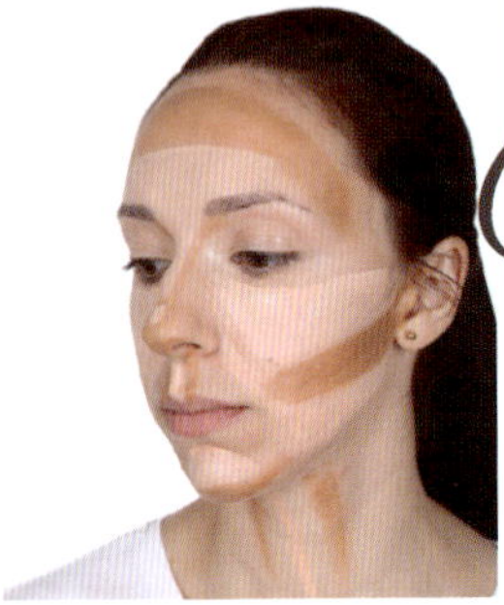

Machiajul
DE CORECȚIE

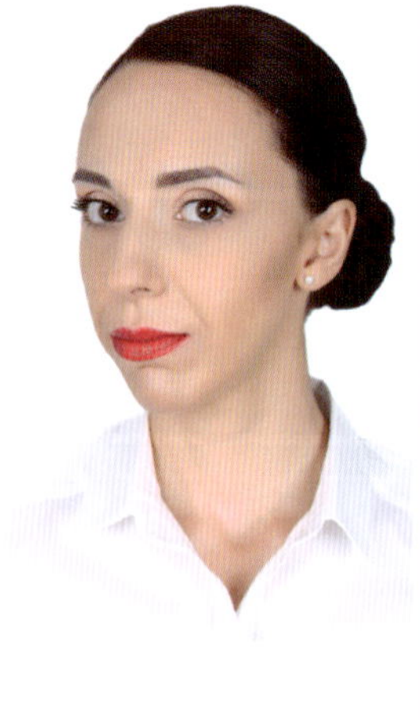

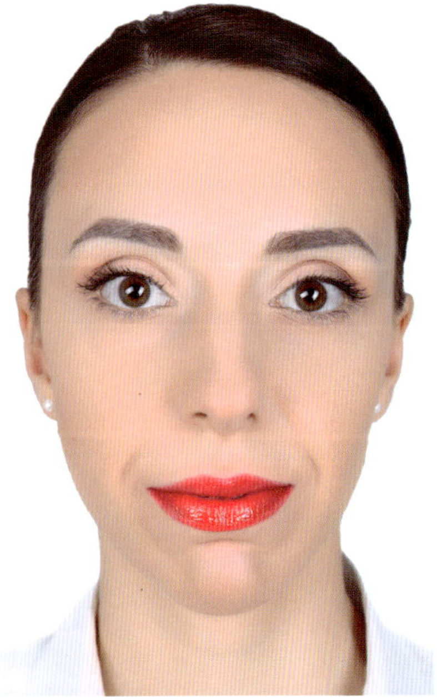

Foto © Florin Rădulescu

Foto © Florin Rădulescu

Machiajul
DE MIREASA

Foto © Florin Rădulescu

Machiajul
TEMATIC

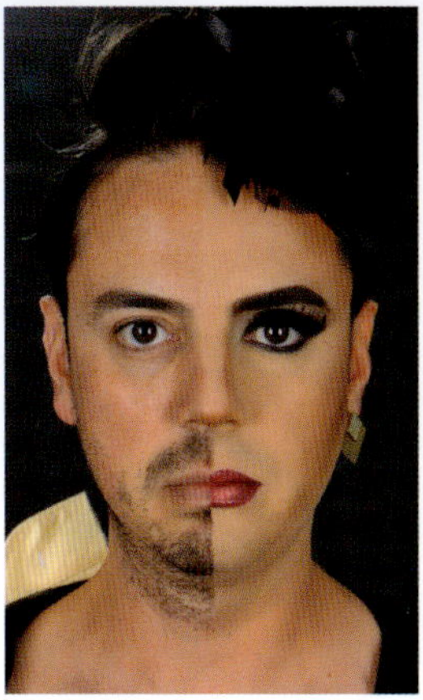

& *fantezie*

Foto © Florin Rădulescu

Buze

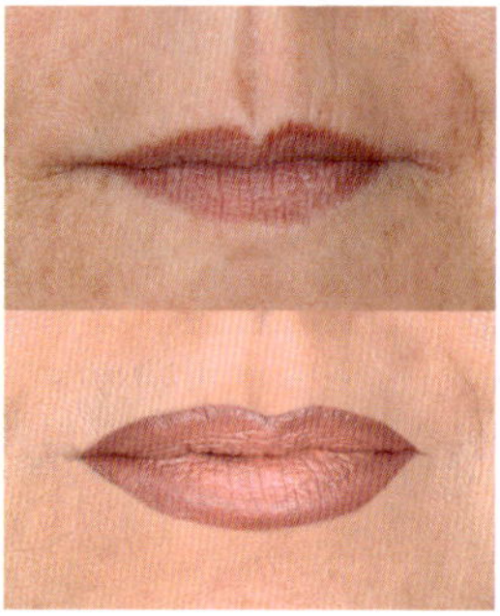

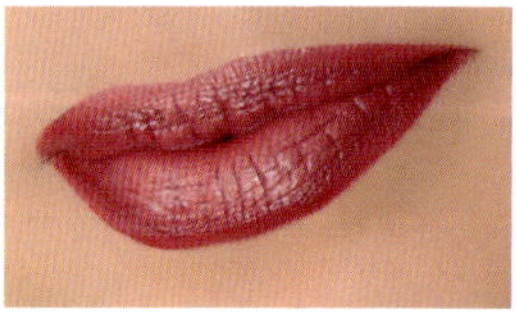

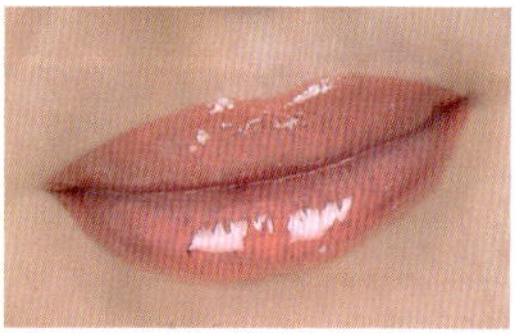

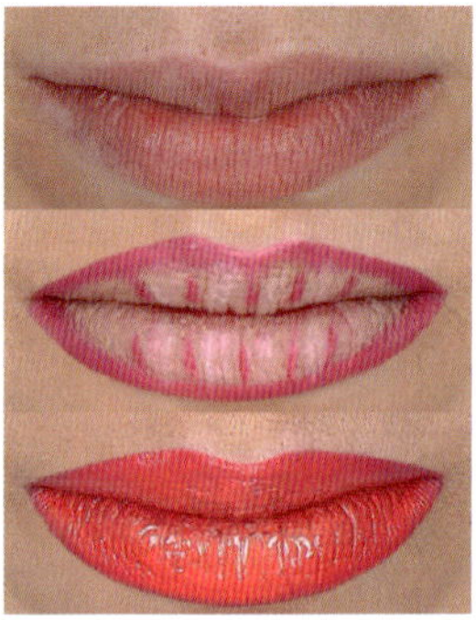

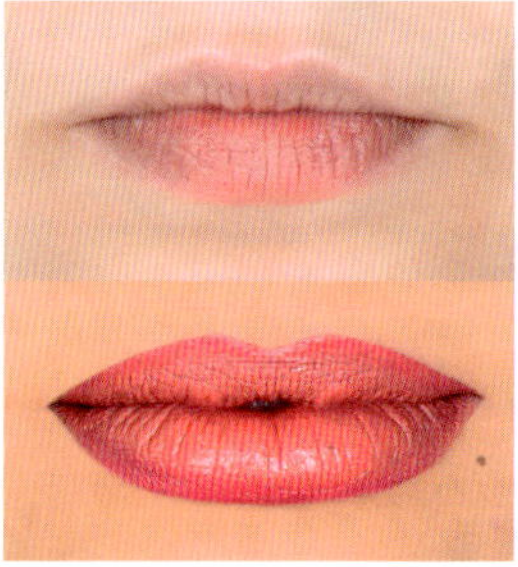

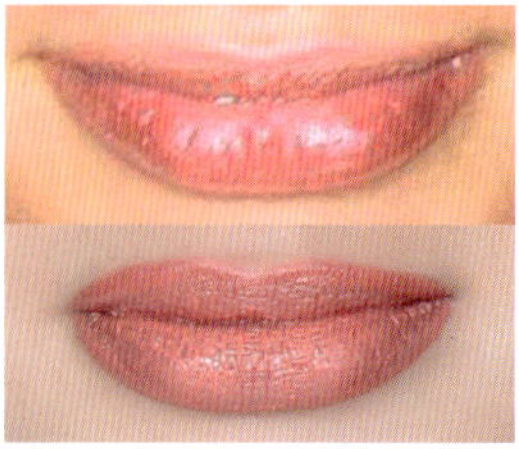

Foto © Florin Rădulescu

Sprâncene

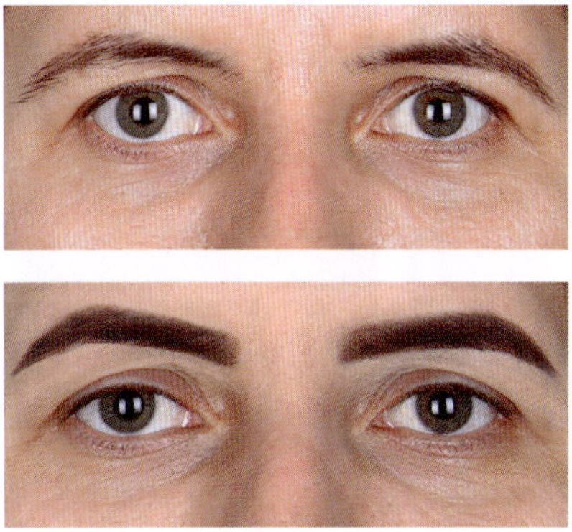

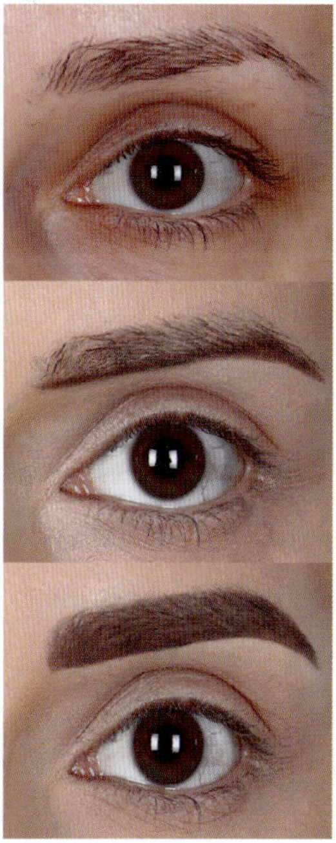

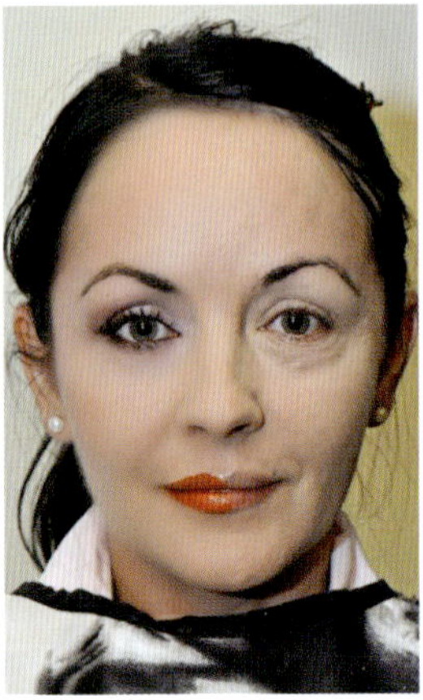

BEFORE & *after*

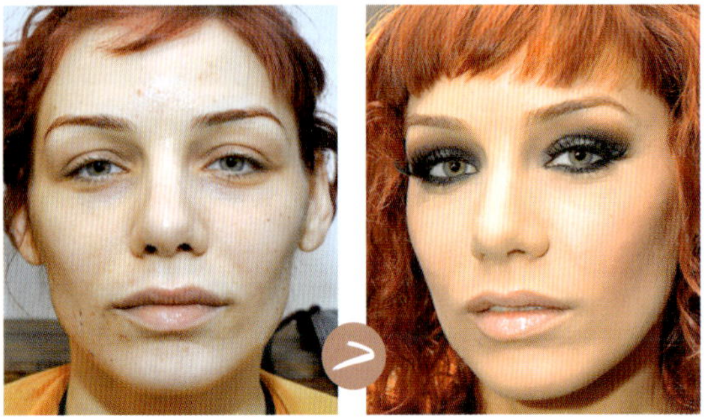

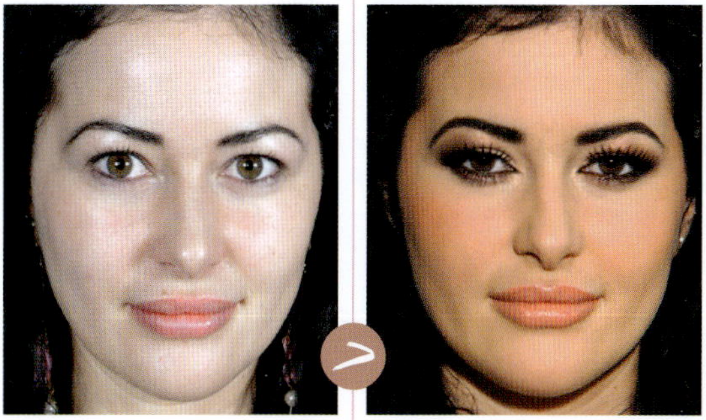

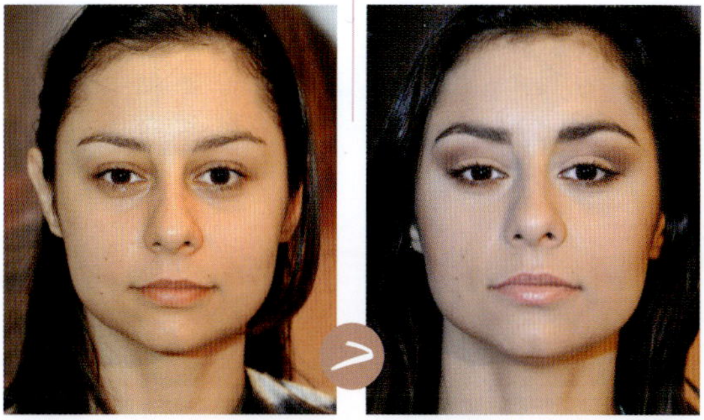

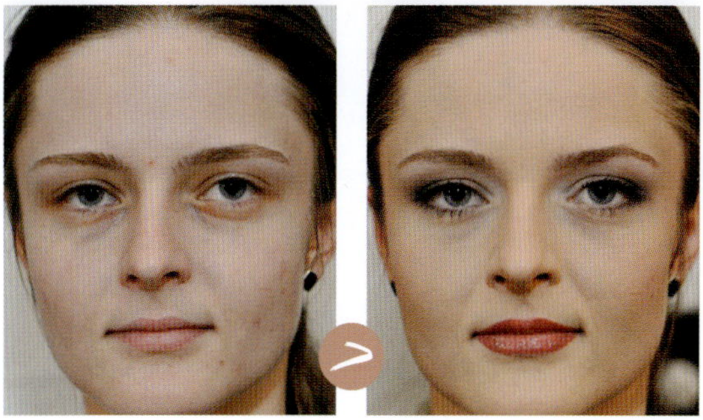

Foto © Florin Rădulescu

Glam

Foto © Florin Rădulescu

Machiajul

PENTRU ADOLESCENTE

Foto © Florin Rădulescu